中國歷代書目題跋叢書

〔清〕錢謙益 撰
錢仲聯 點校

絳雲樓題跋

圖書在版編目(CIP)數據

絳雲樓題跋 /（清）錢謙益撰；錢仲聯點校. —上海：上海古籍出版社，2019.9
（中國歷代書目題跋叢書）
ISBN 978-7-5325-9323-1

Ⅰ.①絳… Ⅱ.①錢… ②錢… Ⅲ.①題跋—作品集—中國—清代 Ⅳ.①I264.9

中國版本圖書館CIP數據核字(2019)第185262號

中國歷代書目題跋叢書

絳雲樓題跋

［清］錢謙益　撰

錢仲聯　點校

上海古籍出版社出版發行

（上海瑞金二路272號　郵政編碼200020）

（1）網址：www.guji.com.cn

（2）E-mail：guji1@guji.com.cn

（3）易文網網址：www.ewen.co

蘇州越洋印刷有限公司印刷

開本850×1168　1/32　印張8.625　插頁5　字數157,000

2019年9月第1版　2019年9月第1次印刷

印數：1—2,100

ISBN 978-7-5325-9323-1

G·715　定價：45.00元

《中國歷代書目題跋叢書》出版説明

漢代劉向、劉歆父子編撰《别録》《七略》，目録之學自此濫觴，在傳統學術中發揮了重要作用。歷代典籍浩繁龐雜，官私藏書目録依類編次，繩貫珠聯，所謂「類例既分，學術自明」（《通志・校讎略》），學者自可「即類求書，因書究學」（《校讎通義・互著》），實爲讀書治學之門户。而我國典籍屢經流散之厄，許多圖書真容難睹，甚至天壤不存，書目題跋所録書名、撰者、卷數、版本、内容即爲訪書求古的重要綫索。至於藏書家於題跋中校訂版本異同、考述版本淵源、判定版本優劣、追述藏弆流傳，更是不乏真知灼見，足以津逮後學。

我社素重書目題跋著作的出版，早在二十世紀五十年代，我社就排印出版了歷代書目題跋著作二十二種，後彙編爲《中國歷代書目題跋叢書》第一輯。此後，我社又與學界通力合作，精選歷代有代表性和影響較大的書目題跋著作，約請專家學者點校整理。至二〇一五年，先後推出《中國歷代書目題跋叢書》第二至四輯，共收書目題跋著作四十六種，加上第一輯的二十二種，計六十八種，極大地普及了版本目録之學。面對廣大讀者的需求，我社將該叢書陸續重版，並訂正所發現的錯誤，以饗讀者。

上海古籍出版社

二〇一八年八月

新輯出版説明

錢謙益（一五八二——一六六四），字受之，號牧齋，後自稱牧翁，又自稱蒙叟、絳雲老人、敬他老人，最後號東澗遺老。蘇州常熟人。明萬曆三十八年（一六一〇）進士。官禮部右侍郎，革職南歸。福王時，官禮部尚書。入清官禮部右侍郎管秘書院事，充修明史副總裁。任職僅六月，即告病歸。康熙三年卒，年八十三。

錢謙益是明清之際著名文學家、學者，又是一位藏書大家。錢謙益「盡得劉子威、錢功父、楊五川、趙汝師四家書，更不惜重貲購古本，書賈奔赴，捆載無虚日。用是所積充牣，幾埒内府，視葉文莊、吴文定及西亭王孫或過之」（曹溶絳雲樓書目·題詞），所藏不乏宋版兩漢書等絶世精品。錢氏藏書處先後有榮木樓、拂水山莊、半野堂、絳雲樓、紅豆莊。絳雲樓書目著録藏書近四千種（據黄永年藏清初鈔本），然清順治七年（一六五〇）絳雲樓失火，損失慘重，錢氏視爲「江左書史圖籍一小劫也」（書宋雕兩漢書後）。燼餘書後大半歸族曾孫錢曾。

錢謙益爲所藏書以及書畫、碑帖撰寫了很多題跋，涉及版本鑒定、校勘考訂、書林掌故、接受源流、詩文人物品評、讀書研史心得以及抒發個人心境諸多方面，具有很高的文獻學、文學、史學價值。這些題跋主要收于錢氏的文集牧齋初學集卷八十三至八十六、牧齋有學集卷四十六至五十、牧齋外集卷二十五，以及有學集文鈔補遺、牧齋集補等鈔本，後世書目題跋文獻中亦有散見。現代著名版本目録學家潘景鄭先生即主要自初學集、有學集、牧齋外集勾稽，並訪求集外佚文，彙輯題跋二百六十五首，略依四部編排，加以句讀，題稱絳雲樓題跋，于一九五八年由中華書局上海編輯所排印出版（一九九五年中華書局清人書目題跋叢刊所收絳雲樓題跋即影印該版），二〇〇五年上海古籍出版社又據該本重版。該本「存絳雲之麟羽，補東澗之遺緒」（潘景鄭絳雲樓題跋·序言），爲瞭解錢謙益的藏書活動和學術成就提供了便利。

蘇州大學錢仲聯曾長期致力于錢謙益文集的整理。從一九八五年至二〇〇七年，錢仲聯先生點校的牧齋初學集、牧齋有學集和牧齋雜著（包含牧齋外集、牧齋集補等九種）陸續由上海古籍出版社出版。其中，牧齋初學集凡一百一十卷，爲錢謙益在明代所作詩文結集，錢仲聯先生以清宣統二年（一九一〇）邃漢齋排印本爲底本，校以明崇禎十六年（一六四三）瞿式耜刊本等本；牧齋有學集係錢謙益入清後詩文結集，錢仲聯先生以宣統二年邃漢齋排印五十卷本爲底本，校以康熙三年鄒鎡序五十卷本和康熙二十四年金匱山房五十一卷本，並取虞山瞿氏所藏鈔本牧齋有學集文鈔補遺與有學集文集補遺等文獻參校，對于異文擇善而從，並出校勘記反映諸本異同；牧齋雜著明清撰述雜收，僅有鈔本傳世，錢仲聯據舊鈔本點校。

通過比勘發現，潘輯本絳雲樓題跋一些條目的文句與錢校本存在差異，特别是題跋中涉及「盜」、「寇」以及華夷等語句，潘輯本多處存在删改。如「書寇徐記事後」條（初學集卷八十四）「當兵荒洊臻、寇盜盤牙之日」句，潘輯本無「寇盜盤牙」四字；「濟不戒而有襄，襄不戒而有雒」後「文武大吏，不肯爲國家同心辦賊，開門揖盜，寇何能爲」一句，潘輯本亦無。又如「題輿地歌」條（有學集卷四十八）「吾嘗謂天官家言，至劉、石、苻秦之世，則天街南北、漢畢胡昴之占窮。輿地家言，至耶律、完顔之世，則甸侯要荒、周索戎索之制窮」句，潘輯本「劉、石」、「天街」、「漢」、「胡」、「耶律」處作闕字，「苻」作「宋」，「完顔」作「宋元」，而錢校本則皆據有學集文鈔補遺校補。此外，潘輯本輯自有學集題跋大部分没有落款（其所據鄒鎡序本和金匱山房本即如此），錢校本則據有學集文鈔補遺補充甚多。

本次重新出版絳雲樓題跋，即依據錢仲聯先生點校整理的牧齋初學集、牧齋有學集、牧齋雜著中的題跋重新輯出，卷次編排、標點形式俱依原書，有學集文鈔補遺、有學集補、有學集再補題跋合爲一卷。元鈔本樂府新編陽春白雪、文房四譜二書題跋不見于文集，據潘輯本補。書後附書名索引，以便檢索。

上海古籍出版社
二〇一九年七月

目録

絳雲樓題跋卷四……五二

絳雲樓題跋卷五……六八

目録

絳雲樓題跋卷八……一四六

絳雲樓題跋卷九……一七二

絳雲樓題跋卷一

跋淳熙九經後

淳熙九經槧本，元人俞石磵所藏，後歸徐子容侍讀。余得之於錫山安氏。孝經、易經後，俱有王文恪題字。此書楮墨尊嚴，古香襲人，真商、周間法物，可作吾家宗彝也。石磵者，名琰，隱居吴之南園，老屋數間，古書金石，充牣其中。傳四世，皆讀書修行，號南園俞氏，金、張七葉，不足羨也。吾子孫得如俞氏足矣。

又

淳熙九經，點斷句讀皆精審，如論語，書云：句孝乎惟孝，句友于兄弟。又，甚矣。句吾衰也久矣，句吾不復夢見周公。又，予不得視猶子也，句非我也夫。句二三子也。中庸：所求乎子以事父。句未能也，所求乎朋友先施之。句未能也。皆與今本迥別。學者宜詳考之。初學集卷八十三

讀左傳隨筆

公入而賦：句大隧之中，其樂也融融。姜出而賦：句大隧之外，其樂也洩洩。杜注曰：賦，賦詩也。以賦字爲句，則大隧四句，其所賦之詩也。鍾伯敬不詳句讀，誤認爲左傳叙事之辭，加抹而評之曰：俗筆。今人學問麄淺，敢於訾譏古人。特書之以戒後學。

二

僖二十四年傳：鄭公子士、洩堵俞彌。建安本公子士洩。讀岳珂本公子士。讀按二十年注：公子士，鄭文公子。洩堵寇，鄭大夫。此注云堵俞彌鄭大夫者，洩姓見前，不須更舉也。今人皆以洩屬上讀，宜從岳本。二十五年：楚子伏已而鹽其腦。建安本伏字絶句，則已當音以。岳本及淳熙本皆伏已絶句，則已當音紀。陸德明音義不云音紀，則知當以楚子伏爲絶句，而已作以音，不音已也。讀書句讀宜詳，勿以小學而忽之。

三

少讀宣十二年戰於邲傳云：屈蕩尸之。殊不覺其讀誤。前漢王嘉傳：坐户殿門失闌免。師古曰：户，止也。嘉掌守殿門，止不當入者，而失闌入之故坐免也。春秋左氏傳曰：屈蕩户之。乃知流俗本尸字，乃户字之譌也。本傳云：彘子尸之。又云：以表尸之。遂譌户爲尸耳。淳熙九經本、長平游御史本、相臺岳氏本、巾箱小本並作户，而建安本却作尸。知此字承譌久矣，宜亟正之。

四

襄二十四年傳：寡君是以請罪焉。陸德明本是以請請罪焉，並七井反。徐上請字音情。請請罪焉句法，當拈出。

五

昭十九年傳：以度而去之。杜注：連所紡以度城而藏之。音義云：去之，起吕反，藏也。裴松之注魏志云：古人謂藏爲去。今關中猶有此音。正義云：字書去作弆，羌莒反，謂掌物也。今關西仍爲弆。東人輕言爲去，音莒。前漢陳遵傳：皆臧去以爲榮。師古曰：去亦臧也，音丘吕反。又音舉。字書、陳遵傳作弆。宋景濂文屢用藏弆字。

六

子服景伯既言伐邾之不可，而孟孫曰：「二三子以爲何如？惡賢而逆之言？」季孫自賢其伐邾之謀，而諸大夫不敢逆也。「對曰」以下，皆景伯之言也。「知必危，何故不言？魯德如邾，而以衆加之，可乎？」知魯不當以不德加邾，已知其危而不得不言也。杜注云：「何故不言」以上，大夫阿附季孫之言；「魯德如邾」云云，則孟孫忿答大夫也。文義違背，似爲未允。景伯不與伐邾之謀，而城下之盟，則深恥之。負載造於萊門，請釋子服何於吳。釋，舍也。釋我，猶言舍我，請不與盟也。吳人許之，以王子姑曹當之而後止。傳曰：次國之上卿，當大國之中，中當其下，下當其上大夫。以王子當景伯，重之也。注言魯人欲留景伯質吳，復求王子交質，而後兩止。皆非也。初學集卷八十三

書史記項羽高祖本紀後

班氏父子踵太史公紀作書，以謂慎覈其事，整齊其文，而其體例各有不同。史於漢元年諸侯罷戲下就國之後，歷舉楚之所以失天下，漢之所以得者，使後世了然見其全局。楚之殺義帝，不義之大者也，故首舉之，并次年江中賊殺之事而終言之，不復繫之某年也。廢韓王

成爲侯，已又殺之，而諸侯心離矣，臧荼因此擊殺韓廣，而諸侯不用命矣。田榮以怒楚故殺三田并王三齊，而齊叛矣。榮與彭越印，令反梁地，而梁叛矣。陳餘説田榮擊常山以復趙，而趙叛矣。是時漢還定三秦，起而乘其敝，復以徵兵怨英布，而九江亦將叛矣。所至殘滅，齊人相聚而叛，而田横亦反城陽矣。撮項王舉事失人心局勢之大者，總序於漢元、二之間，提綱挈領，較如指掌，此太史公作史之大法也。班書以事之先後爲次，首序田榮之反，次及漢定三秦，遺羽書，次及九江稱疾，次及羽使布殺義帝，次及陳餘立趙，年經月緯，一循史家之例，而於太史公序事之指意，則失之遠矣。於高祖本紀亦然，項羽出關至北擊齊一段是也。楚本紀不繫年月，而詳具於月表，觀者可以參考而得。不然則如劉知幾之所謂載諸史傳，成其煩費，而表可以不作矣。此史之又一法也。史云：漢之四年，楚遂拔成皋，漢使兵距之鞏，令其不得西。是時彭越渡河擊楚東阿，殺楚將軍薛公，項王乃自東擊彭越。漢王得淮陰兵，欲渡河南，鄭忠説漢王，乃止壁河内，使劉賈將兵佐彭越，燒楚積聚。項王東擊破之，走彭越，漢王則引兵渡河，復取成皋，軍廣武，就敖倉食。項王已定東海來西，與漢俱臨廣武而軍，相守數月。此一段總敍楚、漢滎陽、成皋間轉戰相持之事，先舉其綱而後目之也。次云：當此時，彭越數反梁地，絶楚糧食。項王患之。爲高俎，置太公其上，願與漢王挑戰。此在羽東擊彭越，漢殺曹咎等氾水上，復取成皋之後。項王與漢王臨廣武間而語，漢王傷，走入成皋，即上文與漢俱臨廣武而軍，相守數月之事，而終言之也。此已下又詳書楚王命大司馬咎守成皋及漢復取成皋之事曰：我十五日必誅彭越，定梁地。即上所紀項王東擊破之，走彭越者是也，非又一事也。漢大破楚軍氾水上，盡收楚國貨賂，即上所紀引兵渡河，復取成皋，軍廣武就敖倉食之事，而又終言之也。下文云：項王在睢陽，聞海春侯軍敗，則引兵還。漢軍方圍鍾離昧於滎陽東，項王至，漢軍畏楚，盡走險阻。此一段又應前項王已定東海來西，與漢臨廣武而軍，相守數月之事，而又終言之也。先後皆此一事也。綱而目之，目而綱之，錯綜反覆，非復史家常例。然於高紀則以事繫年，部居井然，使後人可以互考也。班、馬之異同，學者之所有事也。繇吾言而求之，庶幾大書特書，發凡起例，得古人作史之指要，而不徒汩没於句讀行墨之間乎？書之以俟好學深思者政焉。

又

以項、高二紀觀之，二公之序事，筆力曲折，蓋亦有可竊窺者。鴻門、霸上之事，史在項紀，漢在高紀，史云：項羽遂入，至於戲西，沛公軍霸上，未得與項羽相見。此兩軍相望之形也。而漢略之。沛公左司馬曹無傷云云。項羽大怒曰：「旦日饗士卒，爲擊破沛公軍。」當是時，項羽兵四十萬在新豐鴻門，沛公兵十萬在霸上。此兩軍强弱之大勢也。而漢又略之。

且羽紀項羽大怒係於曹無傷云云之下，然後及范增說羽云云。漢紀旦日合戰，直係於增言之後，雖略本高紀，而序事之先後則有間矣。史序項伯欲呼張良與俱去，良乃入，具告沛公。沛公大驚曰：「爲之奈何？」張良曰：「誰爲大王畫此計者？」曰：「鯫生說我曰：『距關毋内諸侯，秦地可盡王也。』故聽之。」良曰：「料大王士卒，足以當項王乎？」沛公默然，曰：「固不如也。且爲之奈何？」危急之際，突兀譙讓，歸咎於設謀者。家人絮語，所謂溺人必笑也。而漢略之。張良曰：「請往謂項伯，言沛公不敢背項王也。」沛公曰：「君安與項伯有故？」張良曰：「秦時與臣游，項伯殺人，臣活之。今事有急，故幸來告臣。」事已亟矣，却窮究其所以告良之故，娓娓相告語。此情語也，而漢略之。沛公曰：「孰與君少長？」良曰：「長於臣。」沛公曰：「君爲我呼入，我得兄事之。」張良出，要項伯。項伯即入，見沛公。沛公奉卮酒爲壽，約爲婚姻。問其少長，願得兄事。一時無可奈何諈諉相屬之意，可以想見。奉卮酒爲壽，何其鄭重也！而漢略之。項王即日因留沛公與飲，項王、項伯東嚮坐，亞父南嚮坐。亞父者，范增也。沛公北嚮坐，張良西嚮侍。范增數目項王，舉所佩玉玦以示之者三。序某嚮坐者，爲下文舞劍翼蔽張本也。亞父之下獨云亞父者范增也，於此燕一坐中點出眼目，所謂國有人焉者也。而漢略之。樊噲直入譙羽之事，漢紀從略，具噲傳中。史云：於是張良至軍門見樊噲，樊噲曰：「今日之事何如？」良曰：「甚急。今者項莊拔劍舞，其意常在沛公也。」噲曰：「此迫矣，臣請入，與之同命。」良與噲偶語惶駭，噲曰：「與之同命。」何其壯也？而噲傳略之。噲即帶劍擁盾入軍門，交戟之衛士欲止不內，噲側其盾以撞衛士仆地，噲遂入，披帷西嚮立，瞋目視項王，頭髮上指，目眦盡裂。項王按劍而跽曰：「客何爲者？」披帷西嚮立，立於張良之次也。噲目無項羽，羽亦稍心折於噲。與一生彘肩，噲覆其盾於地，加彘肩上，拔劍切而啗之。此真爲噲開生面矣，而噲傳略之。史云：項王未有以應，曰：「坐。」樊噲從良坐。史狀項羽毷氉氣奪，一語曲盡。漢但云項王默然而已。從良坐，又與西嚮立相應也。沛公曰：「今者出，未辭也。爲之奈何？」樊噲曰：「云云何辭爲？」於是遂去。此脱身至軍之決策，而漢弗載也。當是時，項王軍在鴻門下，沛公軍在霸上，相去四十里。欲叙沛公置車騎間行之事，而先言兩軍相去若干里。又謂張良曰：「從此道至吾軍，不過二十里耳。度我至軍中，公乃入。」昏夜間道，踟躕促迫，狙伺免脱，可悲可喜，而漢亦弗載也。繇此觀之，一史之體例，豈不晝然迥別與？抑亦班氏父子所謂慎覈其事，整齊其文者，乃其所以不逮太史公者與？二書之可擬議者多矣，聊因二紀以發其端爾。初學集卷八十三

跋季氏春秋私考

近代之經學，鑿空杜撰，紕繆不經，未有甚於季本者也。本著春秋私考，於惠公仲子則

曰隱公之母；盜殺鄭三卿則曰戍虎牢之諸侯使刺客殺之。此何異於中風病鬼，而世儒猶傳道之，不亦悲乎！傳春秋者三家，杜預出而左氏幾孤行於世。自韓愈之稱盧仝，以爲「春秋三傳束高閣，獨抱遺經究終始」。世遠言湮，謡以傳謡，而季氏之徒出焉。孟子曰：始作俑者，其無後乎？太和添丁之禍，其殆高閣三傳之報與？季於詩經三禮皆有書，其鄙倍略同。有志於經學者，見即當焚棄之，勿令繆種流傳，貽誤後生也。初學集卷八十三

題何平子禹貢解

往余搜採國史，獨儒林一傳，寥寥乏人。國初則有趙子長，嘉靖中則有熊南沙。近見何玄子之注易，私心服膺，以爲可與二公接踵者也。玄子之弟平子，作禹貢解，上自山海經，下逮桑、酈水經，古今水道，分劈理解，如堂觀庭，如掌見指。此亦括地之珠囊，治水之金鏡也。昔謝莊分左氏經傳，隨國立篇，製木方丈，圖山川土地，各有分理。離之則州別縣殊，合之則寓内爲一。吾每嘆之，以爲絶學。今平子殆可以語此。平子其茂勉之，更與玄子努力遺經，兄弟並列儒林，豈非本朝盛事哉！初學集卷八十三

跋王右丞集

文苑英華載王右丞詩，多與今行槧本小異。如「松下清齋折露葵」，清齋作行齋；「種松皆作老龍鱗」，作「種松皆老作龍鱗」。並以英華爲佳。送梓州李使君詩：「山中一夜雨，樹杪百重泉。」作「山中一半雨」，尤佳。蓋送行之詩，言其風土，深山冥晦，晴雨相半，故曰「一半雨」，而續之以賨女巴人之聯也。崔顥詩：「寄語西河使，知余報國心。」英華云：「余知報國心。」如俗本，則顥此句爲求知矣。如此類甚多，讀者宜詳之。初學集卷八十三

讀南豐集

臨川李塗曰：曾子固文學劉向。余每讀子固之文，浩汗演迤，不知其所自來。因塗之言而深思之，乃知西漢文章，劉向自爲一宗，以向封事及列女傳觀之，信塗之知言也。及觀王子發南豐集序云：異時齒髮壯，志氣鋭，其文章之慓鷙奔放，雄渾瓌偉，若三軍之朝氣，猛獸之抉，江湖之波濤，煙雲之姿狀，一何奇也？方是時，先生自負爲劉向，不知韓愈爲何如耳。退之進學解言太史、相如、子雲而不及劉向。蓋古人之學問各有原本，深造獨得，如昌歜羊棗之嗜，甘苦自知，非如今之人誇多炫博，而其中茫無所解也。歐陽公曝書，得介甫許

氏世譜，忘其誰作，曰：「當是子固作，介甫未便會如此。」荆公銘子固之母曰：「宋且百年，大江之南，有名世者先焉，是爲夫人之子。」今人或訾謷子固，不知其自視於歐陽公及荆公果如何也？初學集卷八十三

讀蘇長公文

吾讀子瞻司馬温公行狀、富鄭公神道碑之類，平鋪直序，如萬斛水銀，隨地湧出，以爲古今未有此體，茫然莫得其涯涘也。晚讀華嚴經，稱性而談，浩如煙海，無所不有，無所不盡，乃喟然而嘆曰：「子瞻之文，其有得於此乎？」文而有得於華嚴，則事理法界，開遮湧現，無門庭，無牆壁，無差擇，無擬議。世諦文字，固已蕩無纖塵，又何自而窺其淺深，議其工拙乎？朱少章云：東坡未作勝相經藏及大悲閣記，嘗與陳季常論文曰：「某獨不曾作華嚴經耳。」季常指魚鱿冠曰：「請擬華嚴經頌之。」坡索筆疾書，不易一字。少章知魚鱿冠頌之爲華嚴，而不知他文之皆華嚴也。此非知坡之深者也。蘇黄門言少年習制舉，與先兄相後先。自黄州已後，乃步步趕不上。其爲子瞻行狀曰：公讀莊子，喟然歎息曰：「吾昔有見於中，口未能言。今見莊子，得吾心矣。」後讀釋氏書，深悟實相。參之孔、老，博辯無礙。然則子瞻之文，黄州已前得之於莊，黄州已後得之於釋。吾所謂有得於華嚴者信也。中唐已前，文

之本儒學者，以退之爲極則。北宋已後，文之通釋教者，以子瞻爲極則。孟子曰：孔子之謂集大成。二子之於文也，其幾矣乎？初學集卷八十三

題中州集鈔

元遺山編中州集十卷，孟陽手鈔其尤雋者若干篇，因爲抉擿其篇章句法，指陳其所繇來，以示同志者。蓋自靖康之難，中國文章載籍，梱載入金源，一時豪俊，遂得所師承，咸知規摹兩蘇，上泝三唐，各成一家之言，備一代之音。而勝國詞翰之盛，亦嚆矢於此。孟陽老眼無花，能昭見古人心髓，於汗青漫漶、丹粉凋殘之後，不獨于中州諸老爲千載之知己，而後生之有志於斯者，亦可以得師矣。遺山論溪南詩老辛愿曰：敬之業專而心敏，敢以是非白黑自任。每讀諸人之詩，必爲之探源委，發凡例，解絡脈，審音節，辨清濁，權輕重。片善不掩，微纇必指，如老吏斷獄，文峻網密，絲毫不相貸。如衲僧得正法眼，徵詰開示，幾於截斷衆流。同志中有公鑒而無姑息者，必以敬之爲稱首。遺山題中州集後云：「愛殺溪南辛老子，相從何止十年遲。」遺山上下百年，尚論一代風雅，而獨津津於一老，豈徒然哉？吾觀孟陽，殆無愧於斯人。而余之言，不能如遺山之推辛老，使天下信而徵之，則余之有媿遺山多矣。癸未夏日，書於玉縈軒。初學集卷八十三

題懷麓堂詩鈔

弘、正間，北地李獻吉臨摹老杜，爲槎牙兀傲之詞，以訾謷前人。西涯在館閣，負盛名，遂爲其所掩蓋。孟陽生百五十年之後，搜剔西涯詩集，洗刷其眉目，發揮其意匠，於是西涯之詩，復開生面。譬如張文昌兩眼不見物已久，一旦眸子清朗，歷歷見城南舊游，豈非一大快耶？近代詩病，其證凡三變：沿宋、元之窠臼，排章儷句，支綴蹈襲，此弱病也；剽唐、選之餘瀋，生吞活剝，叫號隳突，此狂病也；搜郊、島之旁門，蠅聲蚓竅，晦昧結愲，此鬼病也。救弱病者，必之乎狂；救狂病者，必之乎鬼。傳染日深，膏肓之病日甚。孟陽於惡疾沈痼之後，出西涯之詩以療之曰：「此引年之藥物，亦攻毒之箴砭也。」其用心良亦苦矣。孟陽論詩，在近代直是開闢手。舉世悠悠，所謂親見。揚子雲禄位容貌，不能動人，其孰從而信之？可一喟也！癸未夏日書。初學集卷八十三

書李文正公手書東祀録略卷後

西涯先生李文正公東祀録一卷，在懷麓堂全集中。此其手書，以貽太原喬公白巖者。劉司空敬仲藏弆是卷，出以示余。余嘗與敬仲評論本朝文章，深推西涯，語焉而未竟也。請

因是而略言之。國初之文，以金華、烏傷爲宗，詩以青丘、青田爲宗。永樂以還，少衰靡矣，至西涯而一振。西涯之文，有倫有脊，不失臺閣之體。詩則原本少陵、隨州、香山以迨宋之眉山、元之道園，兼綜而互出之。弘、正之作者，未能或之先也。李空同後起，力排西涯，以劫持當世，而争黄池之長。中原少俊，交口訾謷。百有餘年，空同之雲霧，漸次解駁，後生乃稍知西涯。嗚呼唏矣！試取空同之集，汰去其吞剥尋撦，吽牙齟齒者，而空同之面目，猶有存焉者乎？西涯之詩，有少陵，有隨州，有香山，有眉山、道園，要其自爲西涯者，宛然在也。卷中之詩，雖非其至者，人或狎而易之。不知以端揆大臣，銜君命祀闕里，紀行之篇什，和平爾雅，冠裳珮玉，其體要故當如此。狎而易之者，祇見其不知類而已矣。若近代訾謷空同者，魑吟鬼嘯，其雲霧尤甚于空同而不自知也，又烏足以知西涯哉！余將與敬仲別矣，敬仲暇日焚香簾閣，勿著西涯、空同于心眼中，取兩家之集，平心易氣，旋而觀之，以余言爲何如？他日幸有以教我也。（初學集卷八十三）

題歸太僕文集

歸熙甫先生文集，崑山、常熟皆有刻，刻本亦皆不能備。而送陳自然北上序、送蓋邦式序，則宋人馬子才之作，亦誤載焉。余與熙甫之孫昌世，互相搜訪，得其遺文若干篇，較槧本多十之五，而誤者芟去焉。於是熙甫一家之文章粲然矣。熙甫生與王弇州同時，弇州世家膴仕，主盟文壇，海内望走，如玉帛職貢之會，惟恐後時。而熙甫老於場屋，與一二門弟子，端拜雒誦，自相倡歎於荒江虚市之間。嘗爲人叙其文曰：「今之所謂文者，未始爲古人之學，苟得一二妄庸人爲之巨子，以詆排前人。」弇州笑曰：「妄誠有之，庸則未敢聞命。」熙甫曰：「唯庸故妄，未有妄而不庸者也。」弇州晚年，頗自悔其少作，亟稱熙甫之文，嘗讚其畫像曰：「風行水上，涣爲文章。風定波息，與水相忘。千載有公，繼韓歐陽。予豈異趨，久而自傷。」其推服之如此。而又曰：「熙甫誌墓文絶佳，惜銘詞不古。」推公之意，其必以聱牙詘曲不識字句者爲古耶？不獨其護前仍在，亦其學問種子，埋藏八識田中，所見一差，終其身而不能改也。如熙甫之李羅村行狀、趙汝淵墓誌，雖韓、歐復生，何以過此？以熙甫追配唐、宋八大家，其於介甫、子繇，殆有過之無不及也。士生于斯世，尚能知宋、元大家之文，可以與兩漢同流，不爲俗學所澌滅，熙甫之功，豈不偉哉！傳聞熙甫上公車，賃騾車以行。熙甫儼然中坐，後生弟子執書夾侍。嘉定徐宗伯年最少，從容問李空同文云何？因取集中于肅愍廟碑以進。熙甫讀畢，揮之曰：「文理那得通？」偶拈一帙，得曾子固書魏鄭公傳後，挾册朗誦至五十餘過。聽者皆欠申欲卧，熙甫沉吟諷詠，猶有餘味。宗伯每嘆先輩好學深思，不可幾及如此。今之君子，有能好熙甫之文如熙甫之於子固者乎？後山一瓣香，吾不憂其無所託矣。癸未中夏日書。（初學集卷八十三）

絳雲樓題跋卷二

記鈔本北盟會編後

崇禎己巳冬，奴兵薄城下，邸報斷絶。越二十日，孤憤幽憂，夜長不寐，繙閲宋人三朝北盟會編，偶有感觸，輒乙其處，命僮子繕寫成帙，釐爲三卷。古今以來，可痛可恨，可羞可恥，可觀可感，未有甚於此書者也。神宗末年，奴初發難。余以史官里居，思纂緝有宋元祐、紹聖朋黨之論，以及靖康北狩之事，考其始禍，詳其流毒，年經月緯，作爲論斷，名曰殷鑒録，上之於朝，以備乙夜之覽。遷延屏棄，書不果就。奴氛益熾，而余亦冉冉老矣。是編之録，其亦猶殷鑒之志乎？録始於政和七年丁酉，盡於靖康二年丁未。宣、政末，馬定國題酒家壁詩云：「蘇黄不作文章伯，童蔡翻爲社稷臣。三十年來無定論，到頭奸黨是何人？」録成點筆一過，又書此詩於跋尾。是冬之小至日，虞山老民錢謙益書。初學集卷八十四

記月泉吟社

月泉吟社倣鎖院試士之法，以丙戌小春月望命題，丁亥正月望日收卷，三月三日揭曉。

以春日田園雜興爲題，收二千七百三十五卷，選中二百八十名。自第一名羅公福至六十名，賞羅縑深衣布筆墨有差，送詩賞各有小劄往復。主其事者，浦陽月泉社，詩盟吴渭清翁，主考謝翱皐羽。其年前至元二十四年也。按胡翰作謝翺傳，謂其自勾越之越之南鄙，依浦陽江方鳳，永康吴思齊亦依鳳，三人皆高年，俱客吴氏里中。柳貫作方鳳墓誌，言浦陽吴明府渭與其伯兄弟，闢家塾，延致先生吴溪上。晚善括蒼吴善父、武夷謝皐羽。則知翺傳所謂依吴氏以居，蓋依渭也。皐羽死，葬睦之白雲村。其徒吴貴，買田祀之月泉精舍。貴必渭之子弟也。皐羽以丙戌哭信公於越臺，丁亥哭於西臺，距信公亡五六年，正吟社考詩之年也。當有宋初亡，黍離板蕩之日，遺民舊老，皆依渭以居，渭可謂非常人矣。西臺慟哭記稱友人甲乙若丙。張孟兼之注，以吴思齊、馮桂芳、翁衡實之，而不及渭。諸爲皐羽立傳者，亦不列渭名。非吟社之刻，則渭幾泯没無傳。余故表而出之。本朝程克勤輯宋遺民録，載王鼎翁、謝皐羽輩，僅十有一人。余所見遺文逸事，吴、越間遺民已不啻數十人，欲網羅之，以補新史之闕，以洗南朝李侍郎之恥。世之君子，其亦與我同此歎惋者乎？癸未初夏日記。（初學集卷八十四）

跋汪水雲詩

錢塘汪元量，字大有，以善琴事謝后及王昭儀。國亡，隨之而北。後爲黃冠師南歸。其詩見鄭明德、陶九成、瞿宗吉所載，僅三四首。夏日曬書，理雲間人鈔書舊册，得其詩二百二十餘首，手寫爲一帙。湖州歌九十八首，越州歌二十首，醉歌十首，記國亡北徙之事，周詳惻愴，可謂詩史。有云：「第二筵開入九重，君王把酒勸三宮。酡酥割罷行酥酪，又進椒盤剥嫩葱。」又云：「客中忽忽又重陽，滿酌葡萄當菊觴。謝后已叨新聖旨，謝家田土免輸糧。」與鄭明德所載「花底傳籌殺六更，風吹庭燎滅還明。侍臣寫罷降元表，臣妾簽名謝道清。」合而觀之，紫蓋入雒，青衣行酒，豈足痛哉！水雲作謝后挽詩曰：「事去千年速，愁來一死遲。」國滅君死，幽蘭軒之一燼，詎可以金源爲夷狄而易之乎？余欲續吴立夫桑海餘録，卒卒未就。讀水雲詩畢，援筆書之，不覺流涕漬紙。崇禎辛未七夕，牧翁記。初學集卷八十四　參見第二三四頁

跋王原吉梧溪集

江陰王逢原吉，元末不應辟召，我太祖徵至京師，以老病辭歸。有梧溪詩集七卷，載元、宋之際逸民舊事，多國史所不載。原吉爲僞吴畫策，使降元以拒淮。故其游崑山懷舊傷今之詩，於張楚公之亡，有餘恫焉。而至於吴城之破，元都之失，則唇齒之憂，黍離之泣，激昂愾歎，情見乎辭。前後無題十三首，傷庚申之北遁，哀皇孫之見獲，故國舊君之思，可謂至於此極矣。謝臯羽之於亡宋也，西臺之記，冬青之引，其人則以甲乙爲目，其年則以羊犬爲紀。

度辭讔語，暗啞相向。未有如原吉之發攄指斥，一無鯁避者也。戊申元日則云：「月明山怨鶴，天暗道橫蛇。」丙寅築城則云：「孺子成名狂阮籍，伯才無主老陳琳。」殆狂而比於誖矣。或言犂眉公之在元，籌慶元，佐石抹，誓死馳驅，與原吉無以異。佐命之後，詩篇寂寥，或其志故有抑悒未伸者乎？士君子生於夷狄之世，食其毛而履其土，君臣之義，雖國亡社屋，猶不忍廢。則其居華夏，仕中朝，又肯背主賣國，以君父爲市儈乎？夷、齊之不忘殷也，原吉之不忘元也，其志一也。孔子必有取焉。彼謂原吉爲元之遺民，不當與謝皋羽諸人並列於忠義者，其亦闇於春秋之法已矣。初學集卷八十四

跋朱長文琴史

朱長文琴史載董庭蘭事云：薛易簡稱庭蘭不事王侯，散髮林壑者六十載。貞古心遠，意閑體和，撫絃韻聲，可以感鬼神。天寶中，給事中房琯，好古君子也。庭蘭聞義而來，不遠千里。琯爲給事中，庭蘭已出門下，後爲相，豈能遽棄。唐史謂其爲琯所昵，數通賕謝。杜子美論救琯，亦云庭蘭游琯門下有日，貧病之老，依倚爲非。琯之愛惜人情，一至於玷污。易簡在天寶中以琴待詔翰林，與琯同時，其言必信。繇易簡之言觀之，則庭蘭固高人也，賕謝之事，出於譖琯者之口。唐史固出於流傳，而子美亦未爲篤論也。以次律之賢，抱誣簡

牘，而庭蘭一老，亦悠悠千載。伯原詩史，一旦洗而出之，可謂大快。次律貶廣漢，庭蘭詣之，次律無愠色。唐人詩云：「惟有開元房太尉，始終留得董庭蘭。」庭蘭果通賕謝，依倚爲非者，肯以朽耄從房公於蜀漢貶謫之日乎？書此以訂唐史之誤。初學集卷八十四

題錢叔寶手書續吴都文粹

吴郡錢穀叔寶以善畫名家，博雅好學，手鈔圖籍至數十卷，取宋人鄭虎臣吴都文粹增益至百卷，以備吴中故實。余從其子功甫借鈔，與何季穆、周安期共加芟補，欲成一書，未就也。功甫名允治，介獨自好，不妄交接。口多雌黄，吴人畏而遠之。余每過之，坐談移日。出看囊錢，市餻餅噉余。老屋三楹，叢書充棟。白晝取一書，必秉燭緣梯上下。一日語余：吾貧老無子，所藏書將遺不知何人。明日公早來，當盡出以相贈。吾欲閲，更就公借之何如？余大喜，淩晨而往，坐語良久，意色閔默，不復言付書事。余知其意，亦不忍開口也。辛酉冬，余北上往别，病瘍初起，瘡瘢滿面，衝寒映日，手寫金人弔伐録本子。忽問余：「曹能始尚在廣西，有便郵屬彼覓通志寄我。」余初欲理付書舊約，語薄喉欲出而止。無何，功甫卒，藏書一夕迸散，鈔本及舊槧本，皆論秤擔負以去，一本不直數錢也。功甫少及見文待詔諸公，嘗言：「吴中先輩，學問皆有原本，惟黄勉之爲别派，袖中每攜陽明、空同書札，出以示

人。空同就醫京口，諸公皆不與通問，勉之趨迎，爲刻其集，諸公皆薄之。」又云：「李空同言不讀唐後書，左國璣爲左宜人之弟，空同文稱内兄，内外兄弟在小戴禮，亦唐後書耶？四部大函之書，别字譌句，堆積卷帙，兩司馬當如是耶？」每抉擿時人制作，余每指其口，失笑而止。嗚呼！功甫死，吴中讀書種子絶矣。余欲取吴士讀書好古，自俞石磵以後，網羅遺逸，都爲一編。老生腐儒，笥經蠹書者，悉附著焉。庶功甫輩流，不泯泯於没世，且使後學尚知有先輩師承在也。姑志之於此。初學集卷八十四

跋趙忠毅公文集

高邑趙忠毅公，諱南星，字夢白，卓犖負大節，悲歌慷慨，輕死重氣，古稱鄒、魯守經學，韓、魏多奇節，公蓋兼而有之。其爲文章，疏通軒豁，能暢其所欲言，不拘守尺幅，而有宋、元名家之風。至於擊排朋黨，伸雪忠憤，抑塞磊落，萬曆間文人，當推公爲首。其詩瘦勁有風致，惜其猶未脱李空同畦逕，掀髯戟手，時露傖父面目耳。公嘗酒間屬余：「我死，子當志吾墓。」公殁後，余罷官里居。其子請華上名高者爲之。往聞王弇州以四部稿遺公，公緣手散之，邨僮里媪，人持一二帙而去。余爲志，豈遂足以當公，幸公子爲我藏拙也。初學集卷八十四

跋傳文恪公文集

近世翰林先生，人各有集，詩賦制誥敘記碑志之文，無不臚列，觀者多束之高閣，或用覆醬瓿耳。先師定襄文恪公之集，高可數尺，余爲存其可觀者數卷。文之傳也，貴使人得其神情謦欬，千載而下，如或見之。若應酬卷軸之文，學徒胥史，互相傳寫，概而存之，則其人之精神，反沈没於此中，不得出矣。或曰：公之精神，在大事狂言，此集雖不傳可也。初學集卷八十四

書王損仲詩文後

祥符王惟儉，字損仲，多聞彊記。與人覆射經史，每弋獲，摩腹大笑曰：「名下定無虚士。」讀古文品外録，抉摘其紕繆，軒渠向余：「兄每爲此君護前，今不當云悔讀南華第二篇乎？」晉江何穉孝修明史，題曰名山藏。損仲指而笑曰：「記則記，書則書，此何爲者？」吴原博修姑蘇志成，楊君謙遥見其題，不開卷，擲而還之，豈爲過乎？損仲家無餘貲，盡斥以買書畫彝鼎，風流儒雅，竟日譚笑，無一俗語，可謂名士矣。其詩婉弱有俊語，爲文簡質，以刻畫自喜。惜其少年崛起，無師友摩切之力，未免於無佛處稱尊也。初學集卷八十四

題王司馬手簡

崇禎元年，余以閣訟，待罪長安。臨邑王公和仲爲大司馬，手書慰諭，一日至數十紙，恨不能爲余排九閽，叫閶闔，執讒慝之口而白其誣也。余既罷歸，公以疆事下獄死。精爽可畏，時時於夢寐中見之。其手迹久而散佚，櫝其存者，以示子孫。公書法蒼老，語多稜稽感激，想其掀髯執簡，欲盡殺奸諛小人於毫兔間，可敬也。初學集卷八十四

跋董侍郎文集

閩中董侍郎崇相，以所著文集示余，引丁敬禮對陳思王之語，俾余删定其文。余感其意不忍辭。朱黄甫竣，而崇相没矣。萬曆間，崇相爲吏部郎，遼左全盛，建州夷方戒車入貢。崇相獨策其必叛，每逢邊人，輒問遼事，嗟咨太息，若不終日。福清當國，崇相遺書，極論遼事，謂建夷之禍，不出四五年。奴酋有子歹商，德明之元昊也。又謂金人兩道伐宋，以四月舉汴，今之災異，不下宣、政，今之邊鎮，只恃一遼。一旦有事，内虚外弱，首尾牽制，何恃而不恐？金再舉而宋虜者，以不聽李綱散遣勤王諸將之故。今可泄泄不早爲之所乎？承平日久，頗以崇相言爲不祥，亦不重怒，憖置之而已。六七年而奴酋難發，崇相之言若左券。崇

相老矣，耳聾目眵，龍鍾班行中，與談遼事，則目張齒擊，劃然心開，精彊少年弗如也。飛章削牘，大聲疾呼，指畫安危，激勸忠義，風擊泉湧，筆有舌而腕有口也。余所取崇相之文，胥以此類求之。其它沿襲應酬者，多所塗乙焉，亦崇相之志也。天啓元年，奴陷遼陽，袁自如以邵武令入計，匹馬走山海，周視形勢，七日夜而返。崇相要過余邸舍，共策遼事。夜闌燈灺，僮僕偃卧，崇相拍案擊節，殘釭吐燄，朔風獵獵射窗紙。迄今更二十三年，狡奴益横，自如磔，崇相死，而吾衰已甚，約略如崇相往年。摩娑遺集，掩卷三歎，爲書其後如此。癸未三月晦日記。（初學集卷八十四）

書鄒忠介公賀府君墓碑後

故徵仕郎文華殿中書舍人丹陽賀公之卒也，吉水鄒忠介公書其墓碑。後十九年，爲崇禎壬午，公以子世壽貴，得贈兵部右侍郎都察院右僉都御史。乃礱石以斲忠介之碑，刻趺篆首，陳之隧道，而屬謙益記其事。余與世壽，兩牓皆同舉，得以契家子事公。公與常州沈伯和、長興丁長孺、金壇于中甫、吾里繆仲醇爲友，以節概意氣相期許。余晚出，亦參與焉。公遂以弟畜余，不以年家輩行也。長孺、中甫時人以爲黨魁。公與周旋患難，不少引避。仲醇布衣韋帶，伯和老於公車，公以長兄事之，肩隨却立，老而不衰。應山楊忠烈令常熟，官滿不能賃車馬，公質貸爲治裝。楊公被急徵，語所親曰：「江左更安得一賀知忍乎？」世壽以鈎黨被錮，公告余曰：「吾喜吾兒之得與黨人也，吾又喜兒之碩果不食也。」辛酉冬，余報命北上。公病亟矣，執手榻前，氣息支綴，諄諄念主幼時危，國論參錯，而以枝柱屬余。余至今愧公墜言也。漢之黨人自相署號，以財救人者曰八廚，其中如度尚、張邈、胡母班，皆以將帥顯名，而劉儒有珪璋之質，以災異上封事，桓帝不能納。此其人皆與君俊顧及，互相題拂，藴義生風。俗儒不察，希風元凱，而以廚爲諱，陋矣。孔子曰：「季孫之賜我粟千鍾也，而交益親；南宫敬叔之乘我車也，而道加行。微夫二子之貺財，則丘之道殆將廢矣。」繇此觀之，人富而仁義附，孔子不諱言廚，而俗儒顧諱之者，何也？公家不逾中人，晚年匱乏，減先人之産，未嘗以無爲解。公殁而江南節俠之種子絶矣。緩急扣門，無可告語者矣。忠介之文，書公之大節爲詳。世道休明，黨論屏息，雖有范蔚宗，亦何容以朋徒部黨之議，標榜於今日乎？然而千里誦義，亦太史公之所亟稱也，遂假其陰以記。初學集卷八十四

跋劉司空同年會卷

成、弘之際，吾鄉吴文定、李文安諸公在長安，有三同五同之會，賦詩繪像，至今流傳人間，以爲美談。其所謂同者，蓋同榜同鄉同官同甲子之類也。當是時，朝野恬熙，士大夫仕宦不出

都門，雍容館閣，邸舍中皆有佳園別館，朝罷經過，飲酒分韻，以相虞樂。其流風餘韻，至今猶可想見也。今年丁丑，劉大司空敬仲與其同榜五人，俱在請室中，敬仲手書絹素，以紀其事，而屬余識其後。夫敬仲之所謂同者，同榜同縶二同而已，與夫先朝之三同五同，殆不可同日而語矣。杜子美之詩云：「宮中聖人奏雲門，天下朋友皆膠漆。」豈不可爲三歎哉！吾旋觀諸公，或拮据河渠，或鞅掌國計，或僇力疆埸，或諷議臺省，皆奉公憂國，有古勞人志士之風。在圜土之中，搶首交臂，梏拲相向者，其人材卓犖如此。則夫紆朱拖紫，高議雲臺之上者，又豈不有什百於此者乎？詩云：王國克生，維周之楨。又云：濟濟多士，文王以寧。以請室中之人才觀之，則今天下動稱乏才，或非篤論也。嘉靖庚戌，虜薄城下，徐文貞、趙文肅建議請用廢臣聶豹、廢將周尚文等。天下多故，阨塞磊落之奇材，不容於廟堂，而掩没於狴犴之間，則此中固亦人才之淵藪。爲工師匠石者，固未可過而不視歟？余觀諸公多感時惜別，留連光景之語，故書此以振其朝氣，并以告世之爲文貞、文肅者也。時崇禎十年七月十日。初學集卷八十四

書姚母旌門頌後

余爲姚母作旌門頌，在萬曆之丁巳。又三年己未，孟長舉進士高第，選入翰林。太孺人文駟雕軒，就養玉堂之署，蓬池之鱠，郢水之醪，孟長晨夕視具，雜腆洗而進之。詞林傳誦，

以爲美譚。天啓乙丑，逆奄搆禍，衣冠塗炭。孟長奉太孺人喪南歸，廬於墓側。攀柏哀號，聲動林木。佛燈熒熒，與素帷相映，三年如一日也。今天子即大位，元兇就殛。即家擢孟長爲太子贊善，盡給所奪官誥，且有後命。孟長悼往事，感新恩，而悲太孺人之不及見也，屬文起侍讀書余所作頌刻之樂石，而復命余志其後。余與孟長定交二十有五年，登堂拜母，於太孺人有猶子之誼，而文起則太孺人之稚弟也。奄禍之方熾也，以余三人爲黨魁，刺探之使，朝於吳門而夕於虞山，匈匈如不終日。孟長間遺余赫蹏書，語不及他，輒曰：得無損太安人眠食乎？以孟長之念吾母，則其念母勤可知也。以孟長之篤摯於念母，太孺人雖長寢，其齧指之思，倚門之望，終不能舍然，又可知也。一旦天晶日明，余三人同日並命。余既具冠衣拜母堂上，退而念孟長之所以諗余者，痛定思痛，君臣母子之間，其不能無泫然也已。昔蘇子瞻自黄州召歸，爲王晉卿作詩，道其出處契闊之故，而終之以不忘在莒之戒。余於孟長之刻兹石也，其感殆不後於子瞻，故詳著之如此。詩有之：「孝子不匱，永錫爾類。」余三人期交勉之哉！崇禎改元之六月。初學集卷八十四

跋高存之邨居詩卷

存之丈家食幾三十年，閉門學道，時方鉤黨，風濤喧豗，優游自得，有終焉之志。讀邨居

詩，可想見矣。今方官御史大夫，踞獨坐，雙籐倚户外，羣僚奉手屏氣。不知存之居太微執法之署，視菰蘆中老屋數間，又何如也？廣陵舟中，爲密緯題此卷，入長安見存之，當以語之。天啓甲子八月。初學集卷八十四

書竹林七賢畫卷

天啓壬戌冬，余請告將出都門。高邑趙忠毅公過邸舍曰：「此後再晤，未省何時。明日當攜一尊酒，偕高存之來，劇譚盡日而別。」時内計戒嚴，余以爲辭。公大笑曰：「公亦爲此言乎？避嫌疑，存形跡，豈我輩事哉！」遂以刁酒固始鵝爲餉，公亦不復來。此後遂不得見公矣。存之者，無錫高忠憲公也。逆閹之難，二公相繼受禍，余僅而不死。曾爲忠憲作神道碑，序其師友部黨之詳，而不獲效一言於忠毅。蓋忠毅與余，氣誼感激，有後死之託。其家子弟，未必知也。丹陽姜中翰以所藏竹林七賢卷求題。開卷而忠毅、忠憲之手跡儼然，爲之掩袂拭面，不能自禁。嗚呼！十四年以來，死生患難，宛如度一小劫。共間世事，可悲可畏，可涕可笑，亦不復堪再道也。總付與阮公一慟，并借諸賢酒杯澆我塊壘耳。崇禎己巳七月。

初學集卷八十四

題張天如立嗣議

天如館丈之殁也，諸執友議立後焉。論宗法，以次及次房之應立者，又於應立之中，推擇其稚齒便於撫育者。天如之母夫人暨其夫人，咸以爲允。諸舅弟皆曰諾。嗚呼！天如之殁，而耿耿視不受含者，獨念母夫人耳。自今以往，庭户依然，田廬如故，夫人甘衣美食，僮奴指使，久而忘天如之亡也。天如之魂魄，晨夕於母夫人之側，久而自忘其亡也。季札有言：苟先君無廢祀，民人無廢主，吾誰敢怨？吾輩庶可以慰天如於地下乎？嗣子生十齡，未有名字，諸公以狗馬之齒屬余。余爲命其名曰永錫，而字之曰式似。詩有之：「孝子不匱，永錫爾類。」又有之：「教誨爾子，式穀似之。」是子也，推「孝子不匱」之思，應「蜾蠃類我」之祝，善事其大母及母，天如猶不死也，豈必屬毛離裏，而後使人曰幸哉有子也哉？初學集卷八十四

書寇徐記事後

子暇爲舉子時，蒔花藝藥，焚香掃地，居則左琴右書，行則左絃右壺。一旦爲廣文於徐，當兵荒洊臻、寇盗盤牙之日，挾弓刃，衣袴褶，授兵登陴，厲氣巡城，日不飽菽麥，夜不御筦

簞，世間奇偉男子，磊落變化，何所不有。試令子暇攬鏡自照，不知向來有此面目否？故當噓然而一笑也。徐爲南北重鎮，宋元豐中，蘇子瞻以謂徐城三面阻水，樓堞之下，以汴、泗爲池，獨其南可通車馬。屯千人於戲馬臺，與城相表裏。而積二年粮於城中，雖用十萬人不易攻也。子暇則以爲徐城東北枕河，南阻重山，獨西方一望平原，四戰衝要，所宜厚防。宜選一能將，結營戲馬臺，專事訓練，不與調遣，以與道、衞相犄角，則徐城可保。蓋古今形勝不同，攻守之略，亦與時互異。徐城獨不然，自元豐至於今日一也。屯兵宿戍，襟帶南北，豈獨爲守徐計？令子瞻生於今日，不知其慷慨建白，又當何如？子暇又云：「徐一道一鎮一州牧二衞三營，雖有多官之名，不得一官之用。徐之不破亡者幸耳！」痛哉斯言，以襄、雒兩都會，親藩胙土，儼然城闕，而賊燬之如燎毛，何有於徐？濟不戒而有襄，襄不戒而有雒，文武大吏，不肯爲國家同心辦賊，開門揖盜，寇何能爲？襄、雒之不戒，徐之前車也。徐之能戒，天下之左券也。余故讀子暇之記事，謹書其後以勸能者，且使讀子暇之書者，撫掌歎息，無謂今天下遂無子瞻也。辛巳冬日牧翁書。（初學集卷八十四）

題程孟陽贈汪汝澤序

閩中董侍郎崇相，負經濟，喜功名。當遼事孔亟，號咷呼𨉼，每逢人輒詠「將伯助予」之詩，涕泗横臆。雖以余之不肖，數相招邀，期爲縣官助一臂，而余未有以應也。余未識汪汝澤，然爲崇相之客而孟陽之友，即其人可知矣。孟陽此文，磊落抑塞，使人起勞人志士，息機摧檣之歎。崇相老矣，屏居海上，令見此文，當作廉將軍被甲躍馬狀。而余方煨飯折脚鐺邊，如枯木寒灰，都無暖氣，可爲一笑也。初學集卷八十四

題張子鵠行卷

金陵張子鵠，世將家也。天啓二年，督漕入京師，甫踰淮，東方盜起，烽煙四塞。子鵠荷戈坐甲，與漕夫艘卒，拮据於宵旗夜柝之間。戒嚴稍解，以其間作爲詩歌，息勞舒嘯。過邸舍，請余是正焉。子鵠深目戟髯，有幽、燕老將之風。讀孫子兵法，妙得其解。大江南北，襟帶險要，與夫江、淮習流之卒，吴、越擊劍之客，無不收貯奚囊中。天下方多事，何暇以翰墨爲勳績耶？慶曆以來，稱名將者，無如戚南塘、俞盱江。南塘之練兵實紀，盱江之正氣集，使文人弄毛錐者爲之，我知其必縮手也。子鵠繼俞、戚之後，登壇秉鉞。方當論兵法，議束伍，修緝方略有用之書。長歌短謳，請一切庋置高閣。他日功成奏凱，效曹景宗競病之什，余當屬而和之。初學集卷八十四

書笑道人自敘後

陳如松，又號白菊道人。

顔延之稱陶淵明畏榮好古，此非知淵明者。饑來叩門，冥報相貽，淵明之畏饑寒、慕禄仕，亦猶夫人耳。饑凍誠不可耐，而違己不堪其病。口腹自役，悵媿交作。就官少日，眷然懷歸，固即其畏饑寒慕禄仕之本懷耳。淵明固云：質性自然，非矯厲所得。而以畏榮好古爲言，則亦遠其懷矣。今世文煩吏敝，獨太倉州太守同安陳君清静寡慾，蘇醒氓庶，有古人之風。觀君之自叙，峭獨自憙，意有不可，即日解綬，其亦昔人所謂腰下有傲骨者歟？君年五十餘，奮跡仕途，與淵明少異。然吾觀淵明賦歸去來，年四十一，而白樂天作醉吟傳，司空表聖記休休亭，年皆六十七。千載之下，第其品級，初無間然。則後世之視君，其又可知已矣。初學集卷八十四

書于廣文崇祀録後

語有之：桃李不言，下自成蹊。于公爲廣文，恂恂不勝衣，舉杯浮白，听然移日。一旦捐館舍，弟子廢講行服，縉紳先生及里巷細人，皆爲流涕。此豈非太史公所謂忠實心誠，信於士大夫者歟？唐張旭爲常熟尉，志但載其與老父判牘一事，而草聖祠之祀，至於今不廢。

公之酒德，與旭略相似。昔王無功所居東南有盤石，立杜康祠祭之，尊爲師，以焦革配。他日祔公草聖祠，比於杜康之焦革。有如王無功其人者，掃地而祭。吾知公必顧而享之，以爲賢於兩廡之餘瀝也。初學集卷八十四

絳雲樓題跋卷三

跋宋版左傳

宋建安余仁仲校刊左傳，故少保嚴文靖公所藏，其少子中翰道普見贈者。脱落圖説並隱公至閔公五卷、昭公二十一卷至二十四卷，却以建安江氏本補足。紙墨差殊，每一繙閲，輒摩挲歎息。今年賈人以殘闕本五册來售，恰是原本失去者。卷尾老僧印記，亦復宛然。此書藏文靖家可六十年，其歸於我，亦二十年矣。其脱落在未歸文靖之前，不知又幾何年也？不圖一旦頓還舊觀，羽陵之蠹復完，河東之亡再覯。魯國之玉，雷氏之劍，豈足道哉！此等書古香靈異，在在處處，定有神物護持。守者觀者，皆勿漫視之。崇禎辛未七月曝書日跋。初學集卷八十五

跋前後漢書

趙文敏家藏前、後漢書，爲宋槧本之冠，前有文敏公小像。太倉王司寇得之吴中陸太宰家。余以千金從徽人贖出，藏弆二十餘年，今年鬻之於四明謝象三。床頭黄金盡，生平第一

殺風景事也，此書去我之日，殊難爲懷。李後主去國，聽教坊雜曲「揮淚對宫娥」一段，悽涼景色，約略相似。癸未中秋日書于半野堂。

又

京山李維柱，字本石，本寧先生之弟也。書法橅顔魯公。嘗語余：若得趙文敏家漢書，每日焚香禮拜，死則當以殉葬。余深媿其言。初學集卷八十五　參見第八六頁

跋坡書陶淵明集

北宋刻淵明集十卷，文休承定爲東坡書。雖未見題識，然書法雄秀，絶似司馬温公墓碑，其出坡手無疑。鏤版精好，精華蒼老之氣，凛然於行墨之間，真希世之寶也。西蜀雷羽津見之云：「當是老坡在惠州徧和陶詩日所書。」吾以爲筆勢遒勁，似非三錢雞毛筆所辦。古人讀書多手鈔，坡書如淵明集者何限，但未能盡傳耳。先生才大如海，不復以斗石較量。其虚懷好古，專勤篤摯如此。吾輩無升合之才，慵墮玩愒，空蝗粱〔案：「粱」，疑應作「粱」。〕黍，讀古人書，未終卷，欠申思睡，那能繕寫成帙？每一繙閲，輒興不殖將落之嘆，未嘗不汗下如漿也。癸未夏日，書於優曇室中。初學集卷八十五

跋張司業詩集

唐新書韓愈傳後云：張籍，和州烏江人。番陽湯中据退之張中丞傳後序稱吳郡張籍及司業寄蘇州白使君云：「登第早年同座主，題詩今日是州民。」知司業爲吳人，後常居和，故唐史誤以爲和人也。同時張洎，亦曰蘇州吳人。此本多古詩十數首，學仙、董公二詩，樂天所稱可上諷人主、下誨藩臣者，亦具載焉，較它本爲完善。初學集卷八十五

跋東坡志林

馬氏經籍考：東坡手澤三卷，陳氏以爲即俗本大全中所謂志林也。今志林十三篇，載東坡後集者，皆辨論史傳大事。世所傳志林，則皆瑣言小録，雜取公集外記事跋尾之類，捃拾成書，而譌僞者亦闌入焉。公北歸與鄭靖老書云：志林竟未成，但草得書傳十三卷。則知十三篇者，蓋公未成之書，而世所傳志林者，繆也。宋人編公外集，盡去志林詩話標目，入之雜著中，最爲有見。近代所刻仇池筆記、志林之類，皆叢雜不足存也。初學集卷八十五

跋東坡先生詩集

吳興施宿武子增補其父司諫所注東坡詩，而陸務觀爲之序。務觀序題嘉泰二年，是書刻於嘉定六年，又十二年而後出。故其考證人物，援據時事，視他注爲可觀。然如務觀所與范致能往復云云，不知果無憾否？詩以記年爲次，又附和陶一卷，坡詩盡於此矣，讀者宜辨之。初學集卷八十五

跋渭南文集

先輩題跋書畫，多云某年月日某人觀。陸放翁跋所讀書，但記勘對裝潢歲月，寥寥數言，亦載集中。蓋古人讀書多，立言慎，於古人著作，非果援據該博，商訂詳審，不敢輕著一語；亦文章之體要當如此也。今人於法書名畫，强作解事，蟬連滿紙，必不肯單題姓名。坊間槧本，不問何書，必有跋尾附贅其後，如塗鴉結蚓，漫漶不可了。試一閱之，支離剽剥，千補百綴，天吳紫鳳，顛倒裋褐。窮子爲他家數寶，人皆知其無看囊一錢耳。偶讀渭南文集，聊書之以爲戒。初學集卷八十五

書東都事略後

河南王損仲數爲余言，東都事略，于宋史家爲優。長安呂少卿家有鈔本，遂假借繕寫。天啓三年春，繇濟上放舟南下，日讀數卷，凡半月而畢。余觀作者之意，可謂專勤矣。貫穿一百六十餘年，爲北宋一代之史，以事在本朝，故孫而稱事略云爾。其書簡質有體要，視新史不啻過之。本紀載詔制之辭，與朱勔傳載華陽宮記之類，尤爲有識。信損仲之知言也。本紀最佳，列傳佳者幾十之五，亦多錯互可議。世有歐陽公，筆削宋事，以附五代史記之後，則是書亦宋史之世本、外傳也。嗚呼！余安得而見之哉！損仲博聞强記，删定宋史，已有成書。以其言考之，殆必有可觀者。是年二月十四日，丹陽道中書。初學集卷八十五

跋宋版文苑英華

文苑英華，文選以後文章之淵藪也。閩本苦多譌闕，莫可是正。曹野臣爲余言，王户部岕庵有宋刻殘本七十册，購得之廟市者，屬野臣借閱。岕庵欣然見授，得縱觀者匝月。諺云：借書一瓻，還書一瓻。宋葛文康公好借書，嘗以酒券從尚公輔假太平御覽，詩在丹陽集中，詞林至今以爲美談。余次韻答岕庵詩，有「酒券賒文籍」之句，蓋謂此也。長安酒貴，余

無從貰一鴟，又無酒券，可以當假許之璧。余比于文康爲幸，而岕庵之勝公輔遠矣。遂題而歸之，他日亦可作吾兩人故事也。初學集卷八十五

跋劉原博草窗集

此故太醫院吏目原博劉先生諱溥之集也。余七世祖竹深府君，諱洪，字理平，景泰中以國難輸馬于朝，得賜章服。其南還也，朝士多賦詩寵行，先生詩爲壓卷，今載草窗集第八卷中。先生爲景泰十才子之冠，土木之難，奉使邊塞，作爲詩歌，感激悲壯，有「塞鴈南旋又北旋，上皇消息轉茫然」之句，朝士皆爲流涕。讀先生之詩者，苟有忠君愛國之心，斯可以興矣，況有先世遺文在乎！吾子孫其寶藏之。天啓元年六月，篯後人謙益謹書。初學集卷八十五

跋湯公讓東谷遺稿

吾七世祖竹深府君，節俠有文。于時名人如晏鐸振之、聶大年壽卿、方榮華伯、劉溥原博，皆定文字交，而於湯胤勣公讓爲尤深。今東谷遺稿所載永福庵記、奚浦觀音堂碑，爲府君祖父作也。振德堂記、鐵券歌，爲府君兄弟作也。平軒記、竹深堂水月舫詩賦，爲府君作也。公讓爲東甌襄武王諸孫，嘗大署其廳事曰：「片言曾折虜，一飯不忘君。」力戰死虜之

後，題詩驛壁，詞翰凛然。而其生平傾倒于吾祖若此，此可以知吾先德矣。公讓在景泰十才子，名亞劉原博，故以東谷遺稿次草窗集，合爲裝潢，并録家乘中詩文遺稿所未載者，以備吾家之故云。天啓四年六月籛後人謙益謹書。初學集卷八十五

跋顔魯公自書誥

魯公以精忠大節，不容於本朝。元載既誅，又爲楊炎所惡，代宗山陵畢，授光禄大夫太子少師，依舊爲禮儀使。此告云建中元年八月廿八日下是也。舊書以謂外示崇寵，實去其權。明年，盧杞尤忌之，改太子太師，并罷其使。又明年而有許州之行，君子之不能勝小人，與小人之善禍君子若此。德宗號英主，受炎、杞輩牢籠若出手掌，何也？此告流傳至今，雖悍夫弱女見之，皆知改容斂手。然當日之事，回環思之，猶可爲感激流涕也。崇禎四年八月廿八日，謙益拜觀謹跋。初學集卷八十五

記清明上河圖卷

嘉禾譚梁生攜清明上河圖過長安邸中，云此張擇端真本也。卷首有五言律詩一首，題云「賜錢貴妃」，下有内府珍圖之印，又有「清明上河圖」五字。卷尾有「天輔五年辛丑三月十

日觀」十一字。按：金太祖天輔五年辛丑即宋徽宗宣和三年也。若宋人題此，則不應以天輔記年。若金人所題，則當是時阿骨打繼楊割而起，方與遼日尋干戈，其所謂文臣，僅楊朴、高慶裔、高隨等三四人，蓽路藍縷，何暇拈弄文墨？宋雖與金通問，馬政、趙良嗣輩國書信使，浮海往還，皆講論夾攻割地之事，此卷何以得入金源，而有天輔五年之題識耶？靖康二年，少帝在青城，金人盡索法服玉册五輅九鼎之屬，及國子監書版、三館祕閣四部書、太常禮物、大成樂舞、明堂大內圖，以至乘輿服御珍玩之物，輦致軍前。此卷或因以入虜，則題識當在天會以後，不當在天輔也。大梁岳璿跋尾，謂「清明上河圖」五字，爲宋道君書，而定以爲道君之書。金主之印，殊未可信。或云五言詩蓋金章宗之作，尤非也。章宗所幸李元妃，性慧黠，知文義，即陳剛中所詠李妃粧臺者，章宗何以不賜李而賜錢？金史所載章宗諸妃，亦無錢姓。此卷向在李長沙家，流傳吴中，卒爲袁州所鈎致。袁州籍没後，已歸御府，今何自復流傳人間？書之以求正于博雅君子。天啓二年壬戌五月晦日。初學集卷八十五

題詹希元楷書千文

中書舍人新安詹希元以書法著于國初，嘗楷書千文，字大如手掌，好事者摹刻行世，常

侍劉君濳熙所藏𢍰是也。希元之後爲永嘉姜立綱輩，後生習書者皆賤簡之，以爲佐史之筆，幾用以蠟車覆瓿。余則以爲希元之書遒勁整栗，視近代名家，反爲勝之。妄庸之徒，目無古人，往往竄叔重之解字，詆羲之爲俗書，於詹、姜乎何有？繇君子觀之，譌謬成種，迷妄相仍，書學亡而書法亦弊。曾不如詹、姜佐史之筆，猶庶幾乎六書之蟓特，分隸之蜾蠃也。立乎今日，以指國初，制度文章，莫不有高曾規矩之歎，豈獨翰墨一小技哉！後漢宦者汝陽李巡白靈帝與諸儒共刻五經文於石，于是詔蔡邕等正其文字。自後五經一定，熹平之刻石經，儒林傳之以爲美譚，而不知其原本於巡也。劉君博學多覽，精研六書，表章希元之書爲後生楷則，其亦有汝陽之志乎？嗚呼！世之學士大夫，亦可以勸矣。初學集卷八十五

書中書科書卷後

今人書法多塗鴉結蚓，又每自書所爲詩文，往往如鳥言鬼語，使人展卷茫然，不可別識。昔人詩云：「醉來黑漆屏風上，草寫盧仝月蝕詩。」良可一笑也。此卷皆宣、政間書史之筆，遒謹可觀。且所書皆古人詩文，偶一展玩，如人當裸裎同浴時，忽見摳衣整冠者，不覺爲灑然變色易容。於乎！此亦可以觀世矣。初學集卷八十五

跋董玄宰與馮開之尺牘

馮祭酒開之先生，得王右丞江山霽雪圖，藏弆快雪堂，爲生平鑒賞之冠。董玄宰在史館，詒書借閱。祭酒於三千里外緘寄，經年而後歸。祭酒之孫研祥以玄宰借畫手書裝潢成册，而屬余志之。神宗時，海内承平，士大夫廻翔館閣，以文章翰墨相娱樂。牙籤玉軸希有難得之物，一夫懷挾提挈，負之而趨，往復四千里，如堂過庭。九州道路無豺虎，遠行不勞吉日出。嗚呼！此豈獨詞林之嘉話、藝苑之美譚哉！祭酒殁，此卷爲新安富人購去，煙雲筆墨，墮落銅山錢庫中三十餘年。余游黄山，始贖而出之。如豐城神物，一旦出於獄底。二公有靈，當爲此卷一鼓掌也。初學集卷八十五

跋董玄宰書少陵詩卷

陶仲璞守寶慶，强項執法，獲罪岷藩，罷官還滇南。舟中無長物，惟董宗伯所書少陵詩一卷，是其生平所寶愛者，藏弆筐衍，出入懷袖。鬱林太守以廉石壓載，以此方之，彼爲笨伯矣。宋人有渡江遇風者，悉索舟中寶玩畀之，風益急，最後以黄魯直書扇投之，立止。江神故具眼如此。其視此卷，安知不寶重於南金大貝乎？仲璞其善藏之。初學集卷八十五

題長蘅畫

長蘅每語余：「精舍輕舟，晴窗浄几，看孟陽吟詩作畫，此吾生平第一快事也。」余笑曰：「吾却有二快，兼看兄與孟陽耳。」長蘅没後七年，從昭彦見此幅，爲之慨然。遂題數語，使後之觀者，不獨賞繪事之妙，亦知其虚懷好善，不自以爲能事，真有前輩風流也。乙亥新秋日題。初學集卷八十五

題劉媛畫大士册子

吴道子畫佛，昔人以爲神授。今觀劉媛所畫大士，豈亦所謂夢作飛仙，覺來落筆者耶？沈生乃得此嘉耦，豈非宿緣？蕚緑華降羊權，南嶽夫人曰：冥期數感，亦有偶對之名耳。東坡云：「羊生得妻如得風，握手一笑未爲辱。」殆謂沈生夫婦也。初學集卷八十五

跋一笑散

此書傳自秦西巖氏，秦疑爲康滸西之筆。余則定爲章丘李中麓，以所載沉醉東風，有「傳自吾章弭少庵」之語，且熊南沙、王遵巖、唐荆川、陳后岡皆中麓之友，與滸西不相及也。

家有中麓閒居集，貯書樓壁角中，發而觀之。中麓歸田後，專肆力於詞，自製六院本，總名之曰一笑散，此書之所繇名也。其自序以謂無他長，獨長於詞，遠交王渼陂，近交袁西野，足以資而忘世，樂而忘老。故此書稱渼陂、西野爲多。又曰：借此以坐消歲月，暗老豪傑。嗚呼！其尤可感也！何季公者，西巖之友，讀書好古人也，亦手鈔此書，余從其孫士龍借看，題其後而歸之。辛巳良月望日記。初學集卷八十五

題徐陽初小令

里中徐生陽初，屬其族子于王以所著小令示余。余方攤書病卧，客有善謳者，使之按節而歌，歌竟，病霍然良已。蓋余方有幽憂之疾，欷歔煩酲，而陽初詞多嗚咽感盪，如雄風之襲虛牝，宜其能愈我疾也。陽初博學能詩，妙解宫商，工於填詞度曲，所製紅梨花院本，窮日落月，身自教演。高則誠作琵琶記，歌詠則口吐涎沫不絶，按節拍則脚點樓板皆穿，陽初庶幾似之。詞曲雖小道，求其清新華豔，負歌山曲海之名，亦豈易言哉！昔人言關漢卿雜劇可繼離騷。漢卿仕元爲太醫院尹，一散吏耳，馬致遠爲江浙行省屬，張小山以路吏轉首領官，鄭德輝杭州小吏，宫大用釣臺山長。元時中外雄要之職，皆其國人爲之。中州人每每沈抑簿書，老於布素，窮困不得志，其詞曲獨絶於後世。陽初秦川貴公子，連蹇坎軻，故能以詞曲

顯。于王亦恨人也，與陽初獨深，吾益以此知陽初矣。初學集卷八十五

題程孝直印譜

私印之作，獨盛於元吾子行，三十五舉言之最詳。而趙子昂、陸友仁輩，靡不究心於此。蓋印文雖一藝，實原本於六書。六書之學，自非上窺六經，下窮小學，其有能貫穿者鮮矣。吉日之題，岐陽之鼓，仲山甫之鼎，以至於歐陽永叔、趙明誠之所録，洪景伯之所釋，朱伯原之所編，苟不薈蕞而通釋之，則下上千古，其能免於駁亂混淆者亦鮮矣。然則非博雅君子，深思而好古者，印文亦胡可輕議哉？吾友嘉定程孟陽有子曰士顓，字孝直，善擘窠大書，且志篆籀之學，以所摹印章見眎。余觀世之篆刻者，人自爲譜，幾如牛毛。喜孝直之有志於此，而又欲其進而之古，學吾、趙之學而不以一藝自小也，故書此以告之。初學集卷八十五

跋朱水部誥命墨刻

唐徐浩所書朱巨川誥，余曾見之於長安。蓋唐人最重誥命，往往令攻書者爲之。開元中，加皇子榮王已下官，詔宰相張九齡、裴耀卿、李林甫，朝士蕭嵩等十二人，就集賢院人書一通以進。而顔魯公所受誥及父贈誥，皆公自書。浩爲肅宗中書舍人，當時以謂遣

辭贍敏，而書法至精，故足寶也。吾同門友朱水部，恭遇兩朝霈恩，三受寵命，皆出翰苑鉅筆。而最後則吾師高陽公之辭也，水部隆重其事，乞董學士玄宰書之，而斲石以傳於後。余不知學士書法於季海何如？第巨川告辭，寥寥簡質；而水部所得，則極鋪張揚厲之致，此亦古今文章之流别也。余承乏當制者幾二載，竊歎於斯久矣。承水部之命，漫書於跋尾。初學集卷八十五

書黄宫允石齋所作劉招後

古人之文，未有無爲而作者。無爲而作，雖作而不傳，傳而不久，不作可也。余少時讀蘇子繇三宗、漢昭帝論，忽易其文詞，竊疑吕成公不當録之於文鑑。已而深考之，子繇爲此論，當哲宗初元之時，人主方富於春秋，冀其學道愛身，祈天永命，而託論於三宗、昭帝，憂深慮遠，古之大臣獻金鑑而箴丹扆者，殆未有以過。此吾以此益信古人之文，斷無無爲而作者。而少時之輕於持論，爲可愧也。漳浦劉漁仲挾筴游吴，經年未歸。黄宫允石齋作劉招以招之。其文倣大招、招魂，而其纏綿惻愴，起興於朋友，而託喻於君臣之間，則亦屈、宋之遺也。今之名能文章者多矣，如宫允之斯文，吾以爲古之有爲而作，作而傳，傳而可久者也。崇禎九年三月，常熟錢謙益書其後。初學集卷八十五

跋練君豫中丞詩卷

余屏廢家居，君豫開府秦中，逢人輒問余起居，且有知己之言。余入請室，訪君豫舊游，壁間殘墨如盤蝸結蚓，漫漶煤土中，每低徊拂拭不忍置。周淮安，君豫之鄉人也，出其中南詩卷示余。是時秦寇未愍，羽書旁午，乃爲中南三日游，從容賦詩，亦所謂好以暇以衆整者乎？當國者借疆事鈎黨，君豫檻車急徵，而秦寇益蔓延不可爲。讀此詩，尤可以三歎也。君豫荷戈瘴鄉，其老謀壯事具在，一旦起行間，爲天子汛掃螳賊，凱旋入秦，賦詩志喜，有如韓退之所云「日射潼關四扇開」者，當並此詩刻石流傳人間，余尚能泚筆以和之。初學集卷八十五

題張子建奇游草

唐人論詩，每云工於五言。五言工，不必問七言也。今體工不必問樂府、古詩也。今人篇什，自賦、騷、樂府以下，無不臚列，如五都列肆，貨物充牣。過而問之，無可著眼者。災木費紙，良可一笑。涇上張建元字子建，以詩示余。余苦愛其五言今體，如云：「煙香歸草霽，日隱貸松涼。」「萓落催游子，花殘失故人。」「石香浮露氣，松影落溪聲。」「魚龍争積氣，天地避朝曦。」「空江聞鴈劇，疎樹領秋多。」清新深穩，有言外之味。置之劉文房、司空表聖集中，

殆不可辨。子建勉之。深造自得，他日稱「五言長城」，亦可矣。兼工而不足，固不若專詣而有餘。今人之不及古人，此亦其一端也。初學集卷八十五

題項君禹鴈字詩

鴈字詩，唱於楚人龍君御、袁中郎、小修，海内屬和者，溢囊盈帙。其在吾吴，則嘉定唐叔達爲最工。叔達之詩，不拘拘於模擬，比物連類，縱横絡繹，標舉於意象之外，而求工者反失焉。余嘗語程孟陽：叔達之詩，亦詩中之鴈字也。孟陽以爲知言。檇李項君禹亦爲鴈字詩，意象開拓，約略如叔達，而薈蕞百家，穿穴瑣碎，殆有加焉。詩家之稱詠物者，如鄭谷之鷓鴣，袁凱之白燕，皆七言五韻而止。若夫極命庶物，原本篆籀，衍造化之生機，扶文人之靈府，未有如近日鴈字之盛者也。君禹詩固當孤行於世，盍亦悉索同調，都爲一集，爲鴈字之瑶林玉海乎？君禹笑曰：「吾與秋潭老人於折脚鐺邊拈鴈字詩，作没意味話，鴈過長空，影留寒水，無作延津刻舟人，爲老人所笑也。」初學集卷八十五

又題項孔彰鴈字詩

詩而至於詠物，詠物而至於鴈字，此詩中之詩，畫中之畫也。鴈字詩唱於楚中，秋舷

老衲與樵李諸君更相酬和，卷軸麄於牛腰，而孔彰詩後出而彌工。吾觀孔彰畫後招隱圖，蒼茫薈蔚，備極山川林麓晴雨晦明之妙。發之於詩，氣韻生動，傳模移寫，使人徘徊吟咀，如度鴈門、遵衡陽，親見其飛翔行列，縈廻於楮墨之間也。古人詩畫，無取於多。袁海叟白燕詩月明雪滿二語，三百年詞人不能及其髣髴。郭忠恕之畫最爲寶重者，山亭一角，遠山數峯而已。詩耶畫耶？詩中之詩，畫中之畫耶？微孔彰吾誰與言之？癸未正月。初學集卷八十五

題張日永詩草

樂清張日永渡江應省試，裹十日糧，徒步訪余虞山，且將游福山，觀大海，望狼五山而還。余甚壯之。吾邑僻陋，在東海之隅，在昔名賢東游吳會者，未嘗過而問焉。然吾觀杜之壯游曰：「東下姑蘇臺，已具游海航。到今有遺恨，不得窮扶桑。」安知其不嘗問渡於斯，望涯而反歟？文文山自真州浮海而歸，亦取道於此，有詩在指南集中。張吳之季，陳敬初海道出師之詩甚夥，即九四入吳故道也。日永舟中讀文山希古之集，爲詩以弔之，慨然有曠世之思。今之觀海而還也，望洋擊檝，弔古悲歌，志節當益豪，詩當益壯，安知不爲少陵之壯游乎？初學集卷八十五

題李長蘅書劉賓客詩册

壬申秋夜，夢與長蘅遇於濠、淮間，隔船窗相語。顧視舟中，筆床硯屏，位置楚楚。同遊三人，幅巾道衣，皆有韻致。余問長蘅：「兄今筆墨之債，約略尚如生前乎？」長蘅曰：「甚苦。今早正受人刺促，紙燥筆枯，心癢癢不耐，故出遊耳。」觀其意思洒落，故知不墮鬼趣。却未知所與同游者爲何人也？樂天哭夢得詩云：「賢豪雖没精靈在。」此語信然。偶閲長蘅所書夢得詩册，漫記於此。嘉平九日，書於榮木樓之殘雪下。初學集卷八十五

絳雲樓題跋卷四

書金陵舊刻法寶三書後

金陵少宗伯殷秋崖先生手訂楞嚴解十卷，采録華嚴合論爲約語四卷，又得宗鏡會要於長干精舍，鋟梓行世。又七十有餘年，而滇南陶仲璞太守獲其版於公之諸孫，將募送嘉興經藏，以廣流通，而屬余書其事。當嘉靖中，士大夫之崇信佛乘者，公與故太宰陸莊簡公爲最。陸以弘護金湯爲能，而殷以精研性相爲要，皆法門龍象，自具金剛眼睛者。近世魔禪横行，聾參啞證，瞎棒胡喝，世尊四十九年所説，彼將束之高閣，屏爲故紙，而何有於此三書乎？宰官長者，影慕禪宗，互相唱歎，以爲甚難希有。經所讖佛法將滅，魔子出家，師子身中蟲，還食師子肉，正爲此輩授記也。今者狂猘少息，病根未除，正須昌明宗教，以扶元之藥，治狂易之症。譬如奴寇交訌，生民塗炭，必差擇兵將，儲偫糧食，然後可以爲撲滅之計。欲救魔禪，則此三書者，亦佛法之貲糧兵食也。佛言烏洛迦蛇最毒，嘗患毒熱，以身遶旃檀香樹，其毒旋息。魔禪如毒蛇，三書如旃檀香樹，流布津梁，此末法中第一義諦。世豈無如陸、殷兩公深心塵刹者乎？仲璞爲龍湖高足弟子，而時時抵齒於三峯禪，余嘗以裸國解衣諷之。今觀

其沈酣於三書，汲汲然歡喜讚歎，知其眼光爍然，不爲波旬隻手所障也。喜而爲之證明如此。癸未正月，聚沙居士書。初學集卷八十六

跋傅文恪公大事狂言

近代館選，丙戌、己丑爲極盛，諸公有講會，研討性命之學。丙戌則袁伯修、蕭允升、王則之，己丑則陶周望、黄昭素、董思白及文恪公，幅巾布衣，以齒叙，不以科叙，詞林至今以爲美譚。文恪公温文静退，光風淑氣，熏然襲人，不以講學樹壇墠，而其學視諸公爲尤精。每謂昔人移頭換面，是學問中穿窬手，於單傳直指，深信不疑。然實死心於儒門，乃能穿穴逗漏，打破漆桶。非如今人影掠話頭，從鬼窟中作活計也。狂言謂大慧大悟一十八遍，小悟不計其數。元晦先生及伊川、横渠、我朝羅整庵，雖嘗學禪，微有所見，安能透徹如許。又謂陽明、龍溪尚未了向上一著。獨知一念，禪家謂之獨頭無明，蓋無量劫來生死本也。須知有向上事，將此生死根本轉爲涅槃妙智。陽明云：「無聲無臭獨知時，此是乾坤萬有基。」認此爲極則，毫釐千里矣。此公之心學也。考公之爲人，繩趨矩步，進寸退尺，作省心記記過差以自省曰：「平生亭亭楚楚，以丈夫自雄，乃爲百欲作臧獲，驅之禽獸之羣。」又云：「今之譚禪者，皆宗趙大洲，只貴眼明，不貴踐履之説。終日談玄説妙，考其立身制行，辭受進退之際，

無一毫相應者，乃反貶剥周、程。豈知彼在塔中安坐，而我乃遥説相輪耶？」因病發藥，箴砭乾慧口鼓之流，可謂至矣。讀公書，正宜於此處著眼，庶可謂學佛作家，不負吾師一片老婆心也。初學集卷八十六

跋雪浪師書黄庭後

余少習雪浪師，見其御鮮衣，食美食，譚詩顧曲，徙倚竟日，竊疑其失衲子本色。丁未冬，訪師於望亭，結茅飯僧，補衣脱粟，蕭閒枯淡，了非舊觀。居無何而示寂去矣。師臨行，弟子環繞念佛，師忽張目曰：「我不是這個家數，無煩爾爾。」嗟乎！師之本色如此，豈余向者號嗄兒童之見，所能相其髥鬚也哉！讀師所書黄庭經，當知與五千四十八卷一切法寶等同無異。雖然，作如是觀，所謂又是一重公案，非師本色矣。初學集卷八十六

跋憨山大師大學綱領決疑

此憨山大師所著大學綱領決疑也。大師居曹溪，章逢之士，多負笈問道，大師見舉子身而爲説法。今年過吴門，舉似謙益曰：「老人游戲筆墨，猶有童心，要非衲衣下事也。子其謂何？」某聞張子韶少學於龜山，闚見未發之中。及造徑山，以格物物格宗旨，言下叩擊，頓

領微旨。晚宋稱氣節者，皆首子韶。繇今觀之，子韶抗辨經筵，晚謫横浦，執書倚立，雙趺隱然。視少年氣節，殆如雪泥鴻爪。非有得於徑山之深而能然耶？然徑山以物格折子韶，而大師欲遍攝今之爲子韶者，願力不同，其以世諦而宣正法則一也。扁鵲聞秦人愛小兒，即爲小兒醫。今世尚舉子，故大師現舉子身而爲説法，何謂非衲衣下事乎？子韶嘗云：每聞徑山老人所舉因緣，如千門萬户，一踢而開。今之舉子，能作如是觀，大師金剛眼睛，一一從筆頭點出矣。初學集卷八十六

書宋文憲公壁峯禪師塔銘後

金陵梵刹志載嘉靖元年碧峯寺記云：洪武五年壬子，勑工部黄侍郎重建。先是碧峯禪師奏上建寺請名，高皇帝御賜號，因以題寺。按建寺之年，即禪師示寂之歲也。宋文憲碑文，立於次年癸丑七月既望。何以不載建寺緣起，章明法門盛事耶？國初工侍僅黄立恭一人，攷之欽録集，洪武二十年五月，鞍轡局大使黄立恭於大庖西奉聖旨至。二十一年戊辰，御製修報恩寺塔記，始稱工部左侍郎黄立恭，昔本技流，今職工部。安得於五年先官工侍耶？記稱師棄髮存鬚，出使西洋諸國，授爵固辭。俗所傳西洋記，稱碧峯同三寶太監下西洋事，蓋委巷小人之語，寺記殆承此譌也。鄭和等使西洋，始自永樂七年，師示寂久矣。如有

之，則文憲於天界曇公記奉使西域事甚詳，何獨略於師耶？記又稱師祈雨靈異，爲真人所譖，投之水火無損。後辭歸西域，已時陛辭，期午時出潼關。是日以上賜袈裟，遣守關吏奏上。師生於乾州名族，而曰西域胡僧。示寂金陵，茶毗聚寶山，而曰辭上西歸。師世壽六十五，而記稱高帝讚碧峯像云：年逾七十幾。益又謬矣。國初大浮屠，惟碧峯最著，流傳神異，未易更僕。寺記所載，皆非實録，他可知已。示現微權，與諸法實相無二。末法無正知見，往往以神通相眩惑，請以文憲塔銘正之。初學集卷八十六

跋善繼上人血書華嚴經後

半塘壽聖禪師藏善繼上人血書華嚴經，故學士承旨宋文憲爲序讚，新安有謝陛少連者，爲之跋尾，備載此經去來事。而曰永明師一轉爲善繼，再轉爲文憲。以文憲爲善繼後身，誤也。文憲序云：無相居士未出母胎，母夢異僧手寫是經，來謂母曰：吾乃永明延壽，宜假一室，以終此卷。母夢覺已，居士即生。其贊永明遺像曰：「我與導師有宿因，忽悟三世了如幻。」此文憲爲永明再來之證也。若永明之爲善繼，善繼之爲文憲，陛之言將安據耶？文憲序讚載其門人李岩、鄭淵所刻潛溪後集中，蓋文憲未入國朝之作。而善繼寫經，始於至正二十五年乙巳，成於次年丙午。文憲生於元至大庚戌，計是時五十有七年矣。序云：今逢勝

因，頓憶前事。文憲殆親見善繼者，安得爲善繼後身乎？三世去來，如屈信臂，不可思議。然以應身信之，則後先歷然。謝氏之譌，不可不訂也。丙辰冬十月，過半塘，瞻禮是經，因志其後。初學集卷八十六

跋清教録

清教録條列僧徒爰書交結胡惟庸謀反者，凡六十四人，以智聰爲首，宗泐、來復，皆智聰供出逮問者也。宗泐往西天取經，其自招與智聰原招迥異。宗泐之自招，以爲惟庸以贓鈔事文致大辟，又因西番之行，絶其車馬，欲陷之死地，不得已而從之。智聰則以爲惟庸與宗泐合謀，故以贓鈔誣奏，遣之西行也。果爾，則宗泐之罪，自應與惟庸同科，聖祖何以特從寬政，著做散僧耶？豈季潭之律行，素見信於聖祖，知其非妄語抵謾者，故終得免死耶？汪廣洋貶死海南，在洪武三十二年十二月，去惟庸之誅，纔一月耳。智聰招辭，惟庸於十一年，已云「如今汪丞相無了，中書省惟我一人」，以此推之，則智聰之招，未可盡信也。聞清教録刻成，聖祖旋命庋藏其版，不令廣布。今從南京禮部庫中鈔得，内閣書籍中亦無之。

又

按清教録，復見心招辭，本豐城縣西王氏子，祝髮行脚，至天界寺，除授僧録司左覺義，欽發鳳陽府槎芽山圓通院修寺住。洪武二十四年，山西太原府捕獲胡黨僧智聰，供稱胡丞相謀舉事時，隨泐季潭長老及復見心等往來胡府。復見心坐淩遲死，時年七十三歲。泐季潭欽蒙免死，著做散僧。野史稱復見心應制詩，有殊域字，觸上怒，賜死，遂立化於階下，不根甚矣。田汝成西湖志餘載見心臨刑，道其師訢笑隱語，上逮笑隱而釋之。尤爲傅會。笑隱入滅於至正四年，而爲之弟子者，宗泐也，來復未嘗師笑隱。野史之傳訛可笑如此。初學集卷八十六

石刻首楞嚴經緣起

新安程生高明，少而好學。歲乙卯，有真靈降於其室，如紫陽、桐柏之於楊、許者，久之辭去。有馮于卟者而告曰：「余唐李太白也。」有問焉，則如響。多譚名理，書畫奇逸無俗筆，人以爲真太白也。爲生書首楞嚴經，將刻之石以傳，而屬余序其緣起。夫首楞嚴言鬼道，則莫辨於十類矣，言仙道，則莫辨於十種仙矣。今之馮于程生者，以爲仙，則猶有馮焉。

而所謂晝伏而夜游，不及於人者，其族類猶未離乎鬼也。以爲鬼，則歸依大乘，以筆墨流通佛法，其識已超越於仙趣矣，而況於鬼歟？然則其爲鬼與仙歟？非鬼歟？非仙歟？固不可得而定也。麻姑取米擲地成丹砂，王方平笑曰：「吾老矣，不喜作狡獪變化也。」太白少遇司馬子微，自謂神游八極之表。而今猶作此伎倆，比於神君紫姑之流，得無爲方平笑歟？以仙籍考之，如太白者，未有不度名東華，簡刊上帝者也。使世有陶隱居，則真靈位業之圖，周班固有序矣，而猶滯淫於鬼與仙之界歟？然則其太白歟？非太白歟？又不可得而定也。真誥稱有聖德爲地下主者，凡一千四百年乃得入仙階，而又有以三百年爲一階者，以二百八十年爲一階者。谿寶應壬寅以迄今日，遠矣，以仙階之遷轉，則年限歷然，非如人間歷數考如歷劫也。今之馮于卟者，即真太白也，其鬼道歟？仙道歟？抑谿鬼而仙，如仙階之有等數歟？吾亦無從而定之也。吾所知者，佛事門中，不捨一法。人之情，傲化而親誘，尊鬼而説仙。有鬼神馮儀其間，游戲神通，以引衆生而起其正信，神道設教，庶乎末法之宜也。是舉也，無問其爲鬼爲仙，爲太白與非太白，要爲諸佛所共護念，有歡喜讚歎而已。初學集卷八十六

跋米元章記顔魯公事

忠臣誼士，歿而登真度世，往往有之。蓋當其見危授命，之死靡佗，脱離分段生死，如旅

人之去其次舍耳。東坡云:顏平原握拳透爪,死不忘君。此正其修煉得力時也。劉聰自知爲遮須國王,且不畏死,而況如魯公者乎?讀米南宫所記魯公事,方攤書欲卧時,不覺悚然而起。初學集卷八十六

記峨眉仙人詩

巴陵楊一鵬,萬曆庚戌進士,爲成都府推官,登峨眉山,有狂僧踞佛座,睨楊笑曰:「汝猶記下地時,行路遠,啼哭數日夜,吾撫汝頂而止耶?」楊憶兒時語,大驚禮拜,耳語達旦。臨别囑曰:「三十年後,見汝於淮上。」楊後開府淮安,一日薄暮,有野僧擊鼓,稱峨眉山萬世尊寄書,發函得絶句七首,傳其五云:「謫向人間僅一週,而今限滿苦難留。清虚有約無相負,好覓當年范蠡舟。」「業風吹破進賢冠,生死關頭著脚難。六百年來今一遇,莫將大事等閒看。」「浪游生死豈男兒,教外真傳别有師。富貴神仙君兩得,尚牽韁鎖戀狂癡。」「難將蟒玉拒無常,勳業終歸土一方。欲問後來神妙處,碧天齊擁紫金光。」「頒來法旨不容違,僊律森嚴敢洩機。楚水吴山相共聚,與君同跨片霞飛。」其二首秘不傳。質明,大索寄書僧,已不知所往矣。流寇焚鳳陽陵寢,楊以失救,論死西市,神色揚揚如平常,但連呼好師傅數聲而已。楊之仲子昌薦告余曰:「萬世尊名大傳,今尚在峨眉,往來人間無常處,人亦時時見

之。」初學集卷八十六

題劉西佩放生閣賦後

天台泐子後身爲慈月夫人，以台事示現吳中，勸人蠲除殺業，最爲痛切。其言曰：魚蝦之屬，方下箸時，猶唧唧悲鳴，入喉方止。惟天耳能聽之，而人與鬼神皆不知也。現身鬼神道中，勸誘血食者俾受佛戒，雖未盡奉行，亦有爲減膳者。嗚呼！可以人而不如鬼乎？豫章王于一持劉西佩放生閣賦示余，以錦繡綦組之文，宣揚戒殺放生第一義諦。以慈月之事觀之，此諸天鬼神所共護念者也，而況於人乎？東坡作岐亭詩，岐亭之人化之，有不食肉者。坡作詩以戒殺，西佩作賦以放生。世之君子，願以文章作佛事者，應作如是觀。初學集卷八十六

書放生池册後

嘉生議捐華匯田三十畝，鑿放生池，歸之福城塔院，爲一邑普利。時武林無生上人，住持福城，而佛日法師以講演疏鈔至，相與證明其事，合掌讚歎。嘉生兄弟服習宮相之教訓，而乃祖封太史公，往游長安，結放生社於燕中旃檀佛前，著爲條約。蓋慈心功德，其家世演迤若此。昔北齊顏侍郎作歸心篇勸之家訓，言好殺生之報驗，最爲詳切。而其五世孫魯公

撰天下放生池碑銘，流傳金石。今之許氏，庶幾近之。夫放生之福報，莫先於多男子。而詩人美周之公子，必取興於麟趾，以其不履生蟲，不踐生草，爲文王后妃仁厚之報，故知此生孤單短折，爲多生殺生之報，即子姓煩多，而産破鏡鴟鴞之屬，或噬人，或自殺，其種殺業尤深，感殺報尤重，而世人或未之知也。邑之人莫不願多男子，莫不願有賢子弟。覩嘉生此舉，其誰不歡喜踴躍，竭心力而佽助之？兩湖澤國，皆將化爲八功德水，而何有於斯滙乎？初學集卷八十六

題佛海上人卷

佛海上人欲續修傳燈録，謁余而請曰：「願有以教我也。」嗟乎！禪學蠱壞，至今日而極矣。吴中魔民横行，鼓聾導瞽，從者如市。余辭而闢之良苦，要之殊不難辨也。拈椎竪拂，胡喝盲棒，此丑浄之排場也。上堂下座，評唱演説，此市井之彈詞也。繆立宗祧，妄分枝派，一人曰我臨濟之嫡孫，一人曰彼臨濟之假嗣，此所謂鄭人之争年，以先息爲勝者也。古德之立言，如精金美玉，而今人如瓦礫。古德之行事，如寒冰凛霜，而今人如糞土。希聲名，結儔黨，圖利養，營窟穴，以乞兒市駔之爲，而襲訶佛駡祖之跡，入地獄如箭射，鬼神皆知譴訶，而愚人如蛾之附火，死而不悟，豈不悲哉！昔人謂贊寧爲僧中之董狐，覺範爲禪門之遷、固，當斯任者，必如將印在手，縱奪惟我，又如摩尼在握，胡漢俱現，然後可以勘辨機緣，發揮宗旨。

不然，手眼未明，淄澠莫别，宵行之熠燿，夜然之陰火，將與蘭膏明燭争光奪照，長夜昏塗，倀倀乎莫知所適從，何傳燈之與有？續禪燈者，所以續佛命也。傳燈之指一淆，則佛命亦幾乎斷矣。可不慎哉！上人將徧走海内名山古刹，網羅放失，以蕆續燈之役。新安江似孫輯本朝僧史有年矣，上人之採訪，必自似孫始也，其并以余言告之。

又題

佛海發願修續傳燈録，乞言於余。别去八載，已儼然成帙矣。當佛海載筆之初，魔民外道，横踞法席，靡然從之者，如中風飲狂，叫號跳踍，余辭而闢之，欲以一掌堙江河，故於斯録之修，嗟咨太息，三致意焉。曾幾何年，而向之横行倒植者，灰飛煙滅，其所著之書，皆已颺爲塵沙，鞠爲糞土矣。從上諸尊宿，真參實悟，一言一偈，如牟尼寶珠，揭日月而常新，經劫火而不壞，有真必顯，無假不歸，可不畏哉？可不醒哉？佛海斯録，區别宗派，勘辨機緣，其用心良苦。傳燈之源流既明，一切野狐惡，又不攻而自破矣。閑邪去僞之指，隱然於筆削之間，此又其著録之深意也。雲棲浄土之宗子，雪浪論師之巨擘，其於單傳一宗，門户少别。要其歸宿，如旅人之赴家，未始不一也。末法刓敝，影掠話頭者，往往黜禪門而薄宗教，故以一門該之，收其不禪而禪者，正以拒其禪而不禪者。兵之有交有攻，藥之有泄有補，皆此志

也。世固多金湯弘護者，人天眼目，從此不孤矣。初學集卷八十六

題同學會言

自梁溪有東林之會，顧端文、高忠憲以明善爲宗，力闢吴門無善無不善之宗旨。皋比之席，海内望風奔赴。忌者側目，遂合道學、黨錮而爲一禁，迄於今未衰。毗陵孫文介公，生同時，講同學，而其意旨有異焉。其論學以易爲宗，其論易以艮背爲宗。端居索處，窮理盡性，不聚徒，不設教，一二同人，布席函丈，覃思瞑目，相與疏通證明而已。梁溪之明善也，有善則有不善，太極降而爲陰陽五行，吉凶悔吝生焉，其猶有立極之思乎？毗陵之艮背也，曰艮其背，不獲其身，行其庭，不見其人。身且不獲，人且不見，而何有於善惡吉凶之紛紛？艮□□，象無極也。無極則無善無不善，不落陰陽五行矣。微乎！微乎！兩家之宗旨，異而同，同而異，其有可深長思者乎！諸子生毗陵之鄉，學文介之學，又有張席之、吴巒稚兩公導其先路，離經辨志，繇制科之業而視歸乎聖賢也不遠矣。於其以文來謁也，書此以諗焉。初學集卷八十六

讀嚴道徹獨寐寤言

余讀道徹子獨寐寤言，視瞿元立所著生傳，大有徑庭焉。古之文人，多好反言擊排，如

所謂反騷、非國語者。未有躬自擊排，如道徹子者也。白公有言：人固可與微言。夫人之可與微言者亦鮮矣。人生而吉凶相攻，情僞得失相感，猶形之有影也。人有形而影斯傅焉，至於影，又豈有傅之者哉？坐而起，行而止，離之則宛然，而即之則無有也。貌影中之人，而別其美醜，象其色笑，雖善畫者必窮。執影中之人，而加以玄冕，施以桁楊，雖善使物者不能也。元立之傳道徹子，搜次其生平，比於曾、史，皆影也。鏤塵畫空，飾以青黃，豈有實相可指據哉？道徹子乃作寱言，痛自繩削，佹佹乎惡其影而去之，而不知其亦影也。道徹子之爲道徹，善畫者之所不能圖，而善使物者之所不能索，固自若也。元立也，道徹子也，以影問影，將使誰正之哉？且道徹子之痛自繩削，不以飾智而盜名乎？而盜固聖賢精爲之者。東郭先生之語盜曰：「若一身庸非盜耶？」道徹子之盜，東郭先生之所並席而坐也。古之人有所盜，必有所捨。堯、舜不盜慈，湯、武不盜忠，周公不盜弟。道徹子循覽於家人婦子，自視欿然，所不盜者，固已侈矣，獨盜名足病乎？聖人不死，大盜不止。極元立所搜次，不出仁義道德之屬，皆盜餘也。元立以爲金玉，而道徹子以爲土苴。視世儒之發冢臚傳，攘臂而仍者，不已遠乎？道徹子語余：「寱言之爲夢囈也久矣，子何以覺我？」余曰：「爲善無近名，爲惡無近刑。莊生爲子作注脚矣，余復何言？」道徹子笑而不答。或曰：道徹子姓嚴氏。古稱蜀莊，亦曰嚴周，道徹子，今之莊生也。初學集卷八十六

題顧與治偶存稿

今天下文士入閩，無不謁曹能始，謁能始，則無不登其詩于十二代之選，人挾一編以相誇視，如千佛名經。獨與治有異焉，能始題其詩曰偶存，所以別與治也。詩之爲物，陶冶性情，標舉興會，鏘然如朱絃玉磬，悽然如焦桐孤竹，惟其所觸，而詩出焉。今之爲詩者，以剽賊排比爲能事，如貧兒之數寶，如買菜之求益，是豈復有詩也哉！與治寄託高深，風義綿邈，襆被絮酒，吊亡友于陳根絶哭之後，胸中聲氣，伊鬱蜿蜒，泄爲聲詩，劉夢得所謂孤桐朗玉，自有天律，吾于與治見之。王輔嗣論易曰：召雲者龍，命律者呂。隆墀永歎，遠壑必盈。吾取以爲論詩之法，且以論與治之詩。試以吾言寓能始，視如何也？初學集卷八十六

題胡白叔六言詩

曹能始見人詩卷，輒笑曰：「開卷定是七言律詩。」以今人習爲此體，熟爛可厭也。白叔近作六言絶句二十餘首，如雀噪鳩呼時，忽聞清蟬幽鳥之聲，使人耳根泠然，前後際斷，可爲一快。雖然，白叔其善藏之，若令紛然屬和，王右丞一日滿人間，又將恨白叔爲作俑矣。初學集卷八十六

題吴太雍初集

古人之詩文，必有爲而作，或託古以諷諭，或指事而申寫，精神志氣，抑塞磊落，皆森然發作于行墨之間。故其詩文必傳，傳而可久。余觀西吴吴太雍之文，憂時憤世，抗論惛俗，如遒人之警道路，如司寤之詔夜時，此吾所謂有爲而作者也。漢始元中，徵賢良文學，問以治亂。汝南桓寬稱中山劉子推言王道，撟當世反諸正，九江祝生奮史魚之節，發憤懣，議公卿，而車丞相及兩府之士，括囊不言，阿意苟合。皆有彼哉斗筲之誚。海内多故，天子方號咷博求，太雍執此以往，論列殿廷，與劉子、祝生何異？憂時撟世之士，豈無著論以相明如桓寬者乎？初學集卷八十六

絳雲樓題跋卷五

述古堂宋刻書跋序〔一〕

辛丑暮春，過遵王述古堂觀所藏宋刻書，縹青介朱〔二〕，裝潢精緻，殆可當我絳雲樓之什三。縱目流覽，如見故物。任意漁獵，不煩借書一瓻，良可喜也。吴兒窮眼，登汲古閣，相顧愕眙〔三〕，如入羣玉之府。令〔四〕得覩述古堂藏書，又復如何？遵王請予題跋，乃就所見，各書數語歸之。有學集卷四十六

【校記】

〔一〕卷四十六各篇，亦收于文鈔補遺中。此題文鈔補遺有「序」字，各本無。按：以下跋玉臺新詠至跋酒經十九題，計二十一則，俱爲跋述古堂宋刻書者，此篇爲總題，有「序」字爲是。文鈔補遺目録題爲「題遵王述古堂書三十則」，誤。〔二〕金匱本作「介朱」，各本作「朱介」。

〔三〕金匱本、文鈔補遺作「眙」，邃本、鄒鎡序本作「貽」，誤。〔四〕文鈔補遺作「令」，各本作「今」，「令」字勝。

跋玉臺新咏

玉臺新咏宋刻本，出自寒山趙氏。本孝穆在梁時所撰。卷中簡文尚稱皇太子，元帝稱湘東王，可以考見。今流俗本，爲俗子矯亂，又妄增詩幾〔一〕二百首。賴此本少存孝穆舊觀，良可寶也。凡古書一經妄〔二〕庸人手，紕繆百出，便應付蠟車覆瓿，不獨此集也。有學集卷四十六

【校記】

〔一〕文鈔補遺有「幾」字，各本無。　〔二〕文鈔補遺有「妄」字，各本無。

跋高誘注戰國策

戰國策經鮑彪殽亂，非復高誘原本。而剡川姚宏校正本，博采春秋後語諸書。吴正傳〔一〕校正鮑注，最後得此本，歎其絶佳，且謂于時蓄之者鮮矣。此本乃〔二〕伯聲校本，又經前輩勘對疑誤，採正傳補注，標舉行間。天啓中，以〔三〕二十千購之梁溪安氏，不啻獲一珍珠船也。無何，又得善本于梁溪高氏，楮墨精好，此本遂次而居乙。每一摩挲，不免以積薪自哂。要之，此兩本實爲雙璧，闕一固不可也。有學集卷四十六

【校記】

〔一〕文鈔補遺作「傳」，各本作「復」。〔二〕文鈔補遺作「乃」，各本作「仍」。〔三〕文鈔補遺有「以」字，各本無。

跋東都事略

宋史既成，卷帙繁重。百年以來，有志删修者三家，崑山歸熙甫、臨川湯若士、祥符王損仲也。熙甫未有成書，别集中有宋史論贊一卷，每言〔一〕人患宋史多，我正患其少耳。此其〔二〕通人之言也。若士繙閲宋史，朱墨塗乙，如老學究兔園册子，某傳宜删，某傳宜補，某人宜合某傳，某某宜附某傳，皆注目録之下。州次部居，釐然可觀。若士没，次子叔〔三〕寧曰：「此先人未成之書，須手自刊定。」不肯出，識者恨之。天啓中，損仲起廢籍，爲寺丞，過余邸〔四〕舍，移日分夜，必商宋史。是時李九如少卿藏宋宰輔編年録及王秘閣偁〔五〕東都事略三百卷，損仲慫恿予傳寫，并約購〔六〕求李燾續通鑑長編，以蒇〔七〕此役。余于内閣鈔李燾長編只卷初五大本，餘不可得。余既退廢，不敢輕言載筆。損仲遂援據事略諸編，信筆成書。今聞損仲草稿與臨川宋史舊本，並在〔八〕若上潘昭度家。而予老倦研削，亦遂無意于訪求矣。今年初夏，見述古堂東都事畧宋刻，即李九如家鈔本之祖也。爲之撫卷慨歎久之。

當余與〔九〕損仲商搉史事，橫襟相推，唯九如在旁〔一〇〕知狀。損仲揚眉抵掌，時〔一一〕捫腹自笑〔一二〕，揮斥柯維麒新編，陳俗腐爛〔一三〕，徒亂人意。今吴中謏聞小生，耳食長編，偶見書肆撮略殘本，及一二零斷小説，便放筆删定宋史，此不足承損仲餘氣。而館閣大老，拱手薦撙，奉〔一四〕爲寶書。嗚呼！文獻無徵，豈獨杞、宋。雖無老成人，尚有典刑。斯孔文舉所以泫然流涕也。修史之難，莫先乎徵舉典故，網羅放失。遵王壯盛有志，藏弆是書，當深思歸熙甫宋史恨少之語，并悼予與損仲之無成，而興起于百年之下也。爲書此以勉之。有學集卷四十六

【校記】

〔一〕各本作「言」，文鈔補遺作「云」。〔二〕文鈔補遺作「則」，各本作「其」。〔三〕金匱本、文鈔補遺作「叔」，邃本、鄒鎡序本作「敘」。〔四〕文鈔補遺作「邸」，各本作「邨」。〔五〕金匱本、文鈔補遺作「偁」，邃本、鄒鎡序本作「稱」。〔六〕金匱本、文鈔補遺作「購」，邃本、鄒鎡序本作「搆」。〔七〕金匱本、文鈔補遺作「蒧」，邃本、鄒鎡序本作「藏」。〔八〕文鈔補遺「在」字旁校云：「刻作『存』。」按：今見各刻本俱作「在」。〔九〕文鈔補遺作「與」，各本作「于」。〔一〇〕金匱本、文鈔補遺有「旁」字，邃本、鄒鎡序本無。〔一一〕各本作「時」，文鈔補遺作「時時」。〔一二〕文鈔補遺作「笑」，各本作「歎」。〔一三〕文鈔補遺作「爛」，各本作「讕」。〔一四〕文鈔補遺有「奉」字，各本無。

跋春秋繁露

萬曆壬寅，余讀春秋繁露，苦金陵本譌舛，得錫山安氏活字本，校讎增改數百字，深以爲快。今見宋刻本，知爲錫山本之祖也。宋本第十二[二]卷陰陽始終篇，「入者損一而出者」句下，一行闕五字，二行闕六字，雖紙墨漫漶，行間字跡，尚可捫揣。錫山本蓋仍之。而近刻遂相沿以爲闕文。其第十三卷四時之數及人副天數二篇，宋刻闕卷首二紙，亦偶失之耳，非闕文也。如更得宋本完好者，則尚可爲全書。好古者宜廣求之。有學集卷四十六

【校記】

〔一〕金匱本、文鈔補遺作「二二」，邃本、鄒鎡序本作「三」。

又

繁露深察名號篇云：「性比于禾，善比于米。米出禾中，而禾未可全爲米也。善出性中，而性未可全[二]爲善也。」又云：「民之性，如繭如卵，卵待覆而爲雛，繭待繅而爲絲，性待教而爲善。」余少而服膺，謂其析理精妙，可以會通孟、荀二家之説，非有宋諸儒可幾及也。

今年八十，再讀此書，證知弱冠時所見不大繆。余每勸學者通經，先漢而後唐、宋。識者當不河漢其言。有學集卷四十六

【校記】

〔一〕各本有「全」字，邃本脱。

跋吴越春秋

余十五六，喜讀吴越春秋，流觀伉俠奇詭之言，若蒼鷹之突起于吾前欲奮臂而與共擲擊者。刺其語作伍子胥論，長老吐舌激〔一〕賞。華顛胡老，重觀此書，燈窗小生，搤腕奮筆之狀，宛然在行墨間。老阿婆臨鏡〔二〕，追理三五〔三〕，少年時〔四〕事，不免掩口失笑。有學集卷四十六

【校記】

〔一〕文鈔補遺作「激」，各本作「擊」。〔二〕各本作「鏡」，文鈔補遺作「鑑」。〔三〕文鈔補遺作「五」，各本作「十」。〔四〕各本有「時」字，文鈔補遺無。

跋方言

余舊藏子雲方言，正是此本，而紙墨尤精好。紙背〔一〕是南宋樞府諸公交承啓劄，翰墨

燦然。于今思之，更有東京夢華之感。有學集卷四十六

【校記】

〔一〕金匱本、文鈔補遺作「背」，邃本、鄒鎡序本作「皆」。

跋揚子法言

宋御府刻揚子法言，卷末署名，韓琦、曾公亮在中書，歐陽修、趙槩在政府。以編年考之，韓、曾並以嘉祐二年拜昭文、集賢相。治平元年閏五月，韓自門下侍郎兼兵部尚書同平章事昭文館大學士魏國公，加尚書右僕射；曾加中書侍郎。歐陽公年譜，治平元年二月，自金紫光禄大夫行尚書户部侍郎參知政事，特授行尚書吏部侍郎；趙升授亦同。觀四公署銜，則知此書之刻，正在治平元、二間，亦必在元年閏月已後，二年十月已前。先此，則韓公未加僕射。後此，則二年十一月，歐公又進階〔一〕光禄大夫兼上柱國，不如此結銜矣。有宋隆平盛際，羣賢當國，人文化成，于此可以想見。靖康板蕩，圖籍北遷。此本尚留傳人間，真希世之寶也。爲泫然涕流者久之。有學集卷四十六

【校記】

〔一〕文鈔補遺作「階」，各本作「加」。

跋列女傳

余藏列女傳古本有二，一得于吳門老儒錢功甫，一則亂後入燕，得于南城廢殿中，皆僅免于劫灰。此則内殿本也。功甫嘗指示予：「圖畫雖草略，尚是〔一〕顧愷之遺製。蘇子容嘗見舊本于江南人家，其畫〔二〕爲古佩服，而各題其頌像側。今此畫佩服古樸，坐皆尚右。儒者生百世之下，得見古人形容儀法，非偶然者，吾子其寶重之。」余心識功甫之言不敢忘。近又檢吳中舊刻，贊後又〔三〕贊，乃黄魯直以己作竄入，與古〔四〕文錯迕，讀者習焉〔五〕不察久矣。秦、漢古書，多爲今世妄庸人駁亂，其禍有甚于焚燎，不可〔六〕不辨。有學集卷四十六

【校記】

〔一〕文鈔補遺有「是」字，各本無。

〔二〕金匱本、文鈔補遺有「畫」字，邃本、鄒鎡序本無。

〔三〕各本作「又」，文鈔補遺作「有」。

〔四〕金匱本、文鈔補遺有「古」字，邃本、鄒鎡序本無。

〔五〕各本作「焉」，文鈔補遺作「而」。

〔六〕文鈔補遺「可」下有「以」字，各本無。

跋新序

舊本新序、説苑，卷首開列陽朔、鴻嘉某年某月具官臣劉向上一行，此古人修書經進之體式。今本先將此行削〔一〕去，古今人識見相越及鏤刻之佳惡，一開而可辨者此也。有學集卷四十六

【校記】

〔一〕各本作「削」，文鈔補遺作「删」。

跋聶從義三禮圖

宋顯德中，聶從義新定三禮圖二十卷，援據經典，考譯器象，繇唐、虞訖建隆，粲然可徵。然如尊彝圖中犧象二尊，并圖阮氏、鄭氏二義，而不主王肅之説。先是太和中，魯郡地中，得齊大夫子尾送女器，有犧尊，以犧牛爲尊。而聶氏考猶未覈。南宋人謂觀其圖，度未必盡如古昔〔二〕，有繇然也。此等書，經宋人考定，其圖象皆躬命繢素，不失毫髮。近代雕本〔三〕，傳寫譌謬，都不足觀。余舊藏本，出史明古家。遵王〔三〕此本，有俞貞木〔四〕圖記〔五〕，先輩名儒，汲古嗜學，其流風可想也。有學集卷四十六

【校記】

〔一〕金匱本、文鈔補遺作「昔」，遂本、鄒鎡序本作「者」。〔二〕文鈔補遺作「本」，各本作「木」。〔三〕文鈔補遺有「遵王」三字，各本無。〔四〕各本作「木」，文鈔補遺作「本」，旁注：刻作「木」。〔五〕文鈔補遺作「記」，各本作「紀」。

題道德經指歸

嘉興刻道德經指歸，是吾邑趙玄度本。後從錢功甫得乃翁〔一〕叔寶鈔本，自七卷迄十三卷。前有總序。後有「人之饑也」至「信言不美」四章，與總序相合。其中爲刻本所闕落者尤多。焦弱侯輯老氏翼，亦未見此本，良可寶也。但未知與道藏本有異同否？絳雲餘燼亂帙中得之，屬遵王遺人繕寫成〔二〕本，更參訂之。有學集卷四十六

【校記】

〔一〕文鈔補遺有「翁」字，各本無。〔二〕文鈔補遺「成」下有「善」字，各本無。

跋十家道德經注

宋人集注老子，自開元、政和御注外，詳載有宋諸家。而韓非解老、喻老、嚴君平指歸及

有唐陸希聲等注，皆不及焉。此書行而古注湮滅多矣。道德指歸舊有錢穀鈔本，較金陵、檇李刻頗〔一〕異。此書多微文奥義，在郭象、張湛之右。今舍此而取河上公僞注者，何也？有學集卷四十六

【校記】

〔一〕遼本、金匱本作「頗」，文鈔補遺作「碩」，注：一作「頗」。鄒鎡序本作「䫲」。

跋抱朴子

抱朴子内篇二十卷，宋紹興壬申歲刻，最爲精緻。其跋尾云：「舊日東京大相國寺東榮六郎家，見寄居臨安府中瓦南街東，開印輸經史書籍舖。今將京師舊本抱朴子内篇校正刊行。」此二行五十字，是一部東京夢華録也。老人撫卷，爲之流涕。歲在壬寅，正月四日，東澗遺老謙益題〔一〕。有學集卷四十六

【校記】

〔一〕文鈔補遺有「歲在」以下十五字，各本無。

跋本草

金源氏〔一〕以夷〔二〕狄右文，隔絶江左〔三〕。其遺書尤可貴重，平水所刻本草，題泰和甲子下己酉歲。金章宗泰〔四〕和四年甲子，宋寧宗嘉泰四年也。至己酉歲，爲宋理宗淳祐〔五〕九年，距甲子四十五年，金源之亡，已十六年矣。猶書〔六〕泰和甲子者，蒙古雖滅金，未立年號。又當女后攝政、國内大亂之時，而金人猶不忘故國，故以己酉繫泰〔七〕和甲子之下與？作後序者〔八〕，渾源劉祈，字京叔，著歸潛志，事見金史及千秋澗先塋碑，亦金源之遺民也。有學集卷四十六

【校記】

〔一〕金匱本、文鈔補遺作「氏」，邃本、鄒鎡序本作「代」。〔二〕文鈔補遺作「夷」，各本作「彝」。〔三〕文鈔補遺作「左」，各本作「右」。〔四〕〔七〕文鈔補遺作「泰」，各本作「太」。〔五〕金匱本、文鈔補遺作「祐」，邃本、鄒鎡序本作「化」。〔六〕金匱本、文鈔補遺有「書」字，邃本、鄒鎡序本無。〔八〕文鈔補遺有「者」字，各本無。

跋王右丞集

王右丞集，宋刻僅見此本。考英華辨證，字句與此互異。彼所云集本者，此又不載。信

知右丞集好本，良不易得〔一〕也。有學集卷四十六

【校記】

〔一〕金匱本、文鈔補遺有「得」字，邃本、鄒鎡序本無。

跋文中子中説

文中子中説，此爲宋刻善本。今世行本出〔一〕安陽崔氏者，經其刊定，駁亂失次，不可復觀。今人好以己意改竄古書，雖賢者不免，可歎也。有學集卷四十六

【校記】

〔一〕文鈔補遺有「出」字，各本無。

又

文中子序述六經，爲洙泗之宗子。有宋鉅儒，自命得不傳之學，禁遏之如石壓笋，使不得出，六百餘年矣。斯文未喪，當有如皮襲美、司空表聖其人者，表章其遺書，以補千古之闕。惜我老矣，不能任也。書此以告後之君子。有學集卷四十六

題李肇國史補

絳雲一炬之後，老媪于頹垣之中，拾殘書數帙〔一〕，此本亦其一也。壬寅正月，蒙叟題〔二〕。有學集卷四十六

【校記】

〔一〕文鈔補遺作「帙」，各本作「帖」。〔二〕文鈔補遺有末七字，各本無。

跋禮部韻略

禮部韻略，以宋雕本爲準。元板去之遠矣。凡字書皆然。有學集卷四十六

跋酒經

酒經一册，乃絳雲樓未焚之書。五車四部，盡〔一〕爲六丁下取，獨留此經，天殆縱余終老醉鄉，故以此轉授遵王，令勿遠求羅浮鐵橋下耶？余已得修羅採花法，釀仙家燭夜酒，將以法傳之遵王。此經又似餘杭老媪家油囊俗譜矣。有學集卷四十六

【校記】

〔一〕文鈔補遺作「盡」，各本作「書」。

跋沈石田手抄吟窗小會前卷

石田先生吟窗小會，前卷皆古今人小詩警句，心賞手抄者。今爲遵王所收〔一〕。後卷向在絳雲樓，爲六丁取去久矣。少陵云：「不薄今人愛古人。」前輩讀書學詩，眼明心細，虛懷求益，于此卷可以想見。今之妄人，中風狂走，斥梅聖俞不知比興〔二〕，薄韓退之南山詩爲不佳。又云張承吉金山詩是學究對聯。公然批判，不復知世上復有兩眼。雖其愚而可愍，亦良可爲世道懼也。有學集卷四十六

【校記】

〔一〕金匱本、文鈔補遺作「收」，邃本、鄒鎡序本作「抄」。　〔二〕文鈔補遺作「比興」，各本作「興比」。

跋營造法式

營造法式三十六卷，予得之天水長公。初得此書，惟二十餘卷，徧訪藏書〔一〕家，罕有〔二〕蓄者。後于留院得殘本三冊，又于內閣借得刻本，而閣中却闕六七數卷。先後搜訪，竭二十

餘年之力，始爲完書。圖樣界畫，最爲難事，用五十千購長安良工，始能厝手。長公嘗爲予言，購書之難如此。長公歿，此書歸于予。趙靈均又爲予訪求梁谿故家鏤本，首尾完好，始無遺憾。恨長公之不及見也。靈均嘗手鈔一本，亦言界畫之難，經年始竣事云。有學集卷四十六

【校記】

〔一〕文鈔補遺有「書」字，各本無。〔二〕各本有「有」字，鄒鎡序本無。

跋真誥〔一〕

稽神樞第二：「淳于斟入吳烏目山中隱居，遇仙人慧車子，授以虹景丹經。」注云：「吳無烏目山，婁及吳興並有天目山，或即是也。」此未悉烏目山爲虞山別名耳。有學集卷四十六

【校記】

〔一〕跋真誥二則，各本次第相同，惟文鈔補遺此則與下一則互倒。

又

真誥未見宋本，近刻經俞羨長刊定者，至譌〔一〕握真輔爲掘真輔，舛繆可笑。此鈔依金

陵焦氏本繕寫，與道藏本及吾家舊刻本略同。比羡長刻蓋胥壞矣。里中有二譚生，長應明，字公亮，伉俠傲物，扳附海内鉅公名士。好購書，多鈔本。客至鄭重出眎，沾沾自喜。次應徵，字公度。此本則公度所藏也。公度紈袴兒郎，尤爲里中兒賤簡，不知其于汗簡墨汁，有少因緣如是。余悲兩生身沈家亡〔二〕，有名字〔三〕翳然之感，故録而存之。（有學集卷四十六）

【校記】

〔一〕文鈔補遺作「謌」，各本作「改」。〔二〕金匱本、文鈔補遺作「亡」，邃本、鄒鎡序本作「乏」。〔三〕各本作「字」，文鈔補遺作「氏」。

跋高麗板柳文

高麗國刻唐柳先生集，繭紙堅緻，字畫瘦勁，在中華亦爲善本。陪臣南秀文跋尾，稱其國主讀書好文，慮詞體之不古，命陪臣有文學者，會萃韓、柳二〔一〕家注釋，印布國中，嘉惠儒士，使之研經史以咀其實，追韓、柳以擷其華。跋之前後，敬書正統戊午夏、正統四年冬十一月，尊正朔、大一統之意，肅然著見于簡牘。蓋李氏雖篡弑得國〔二〕，箕子之風教故在。而我〔三〕皇家文命誕敷，施及蠻貊，信非唐、宋所可比倫也。嗚呼！天傾地昃，八表同昏，高句麗久作下句麗矣。摩挲此本，潸然隕涕。陪臣奉教編次者，集賢殿副提學崔萬里、直提學金鑌、博士李永瑞、成均司藝趙須等。而南秀文應教〔四〕署銜，則云朝散大夫集賢殿應教、藝文應教、知制誥〔五〕經筵檢討官、兼春秋館記注官。并書之以存東國故事。皇朝舊史官錢謙益敬題〔六〕。 有學集卷四十六

【校記】

〔一〕金匱本、文鈔補遺作「二」，邃本、鄒鎡序本作「三」。 〔二〕文鈔補遺有「國」字，各本無。 〔三〕各本作「我」，鄒鎡序本作「明」。 〔四〕各本有「應教」二字，文鈔補遺無。 〔五〕各本作「制誥」，文鈔補遺作「製教」。 〔六〕文鈔補遺有末十字，各本無。

跋皇華集

本朝侍從之臣，奉使高麗，例有皇華集。此集〔一〕則嘉靖十八年己亥，上皇天上帝泰號、皇祖皇考聖號，錫山華修撰察頒詔播諭而作也。東國文體平衍，詞林諸公，不惜貶調就之，以寓柔遠之意，故絶少瑰異〔二〕之詞。若陪臣篇什，每二字含七字意，如「國內無戈坐一人」者，乃彼國所謂東坡體耳，諸公勿與酬〔三〕和可也。 有學集卷四十六

【校記】

〔一〕文鈔補遺有「此集」二字，金匱本有「此」無「集」，邃本、鄒鎡序本二字俱無。〔二〕文鈔補遺作「異」，各本作「麗」。〔三〕金匱本、文鈔補遺作「酬」。邃本、鄒鎡序本作「酣」。

書舊藏宋雕兩漢書後

趙吳興家藏宋槧兩漢書，王弇州先生鬻一莊得之陸水村太宰家，後歸于新安富人。余以千二百金，從黄尚寶購之。崇禎癸未，損二百金，售諸四明謝氏。庚寅之冬，吾家藏書盡爲六丁下取，此書却仍在人間。然其流落不偶，殊可念也。今年遊武林，坦公司馬攜以見示，諮訪真贋。予從臾勸亟取之。司馬家插架萬籤，居然爲壓庫物矣。

嗚呼！甲申之亂，古今書史圖籍一大劫也。庚寅之火，江左書史圖籍一小劫也。今吳中一二藏書家，零星捃拾，不足當吾家一毛片羽。見者誇詡，比于酉陽、羽陵，書生餓眼見錢，但不在紙裹中，可爲捧腹。司馬得此十篋，乃今時書庫中寶玉大弓，當令吳兒見之，頭目眩暈〔一〕，舌吐而不能收。不獨此書得其所歸，亦差足爲絳雲老人開顔吐氣也。劫灰〔二〕之後，歸心空門。爾時重見此書，始知佛言昔年奇物，經歷年歲，忽然覆睹，記憶宛然，皆是藏識變現。良非虚語。而吕不韋顧以楚弓人得爲孔、老之云，豈爲知道者乎？司馬深知佛〔三〕

理，并以斯言諗之。有學集卷四十六　參見第三四頁

【校記】

〔一〕各本作「暈」，文鈔補遺作「運」。〔二〕各本作「灰」，文鈔補遺作「火」。〔三〕各本作「佛」，文鈔補遺作「此」。

唐人新集金剛般若經石刻跋

唐弘農楊顥，取金剛經六譯，排纂刪綴，命曰新集金剛般若波羅蜜經，成于太和元年，經文五千一百六十七字，今本僅四千四百五十六字。翰林諸學士鄭覃、王源中、許康佐、路羣〔一〕、宋申錫、李讓夷、柳公權爲之贊。太和四年四月，奉宣上進新刻碑本。署特進行右威衛上將軍知内侍省事上柱國弘農郡開國公食邑二千户臣楊承和狀進。其略云：「披諸異義，一貫羣宗。爲龕愚却妄之程，豈上達不刊之法。臣慚爲小善，遂刻私名。伏奉恩〔二〕華不敢追改。」據狀，則楊顥即承和之私名也。其年八月，敕並賜〔三〕左右街〔四〕功德使，令編入藏經目録。其石經在上都興唐寺安立。初刻是八分書，難讀，右衛倉曹參軍唐玄度，翻集晉右將軍王羲之書刻石。太和六年春畢功。趙明誠金石録標目王右軍六譯金剛，今新安程穆倩

所寶藏也。有唐君臣，于此碑刻，崇重莊嚴如此〔五〕。

顓之自叙，謂「金剛前後六譯，貝葉皆自西來，而五天音韻非一，如小失佛心，即大訛秘典。今爲合諸家之譯，擇其言寡而理長，語近而意遠者。」其狀又曰：「鳩摩最上，美冠後來。然不捨菁華，猶疑珪璧。恐絶編隱耀〔六〕，匣智鏡于闕文；蠹軸韜明，鎖心燈于墜典。」蓋唐人宗慈恩之説，料揀〔七〕秦譯，有由然矣。予觀宋有孫知縣及龍舒王日休，皆以己意刊定金剛經文，大慧杲禪師及宋學士景濂後先彈駁，有招因帶果、毀謗聖教之呵。不謂唐人已先有此。

柳誠懸之贊曰：「揣摩一經，前後六譯。今之而七，畢竟斯獲。」殆明謂六譯不容有七〔八〕，而稍竄其詞耳。

穆倩少多病骨立，從其父遊天目，遇異人于陰林席箭之間，顧穆倩曰：「兒骨峭而方，終期〔九〕壽且昌。」又曰：「記取一人口千人，六譯七譯之〔一〇〕晉王。」三十餘年，穆倩貧病益甚，感異夢〔一一〕，購得是刻于新安故家，病不藥而愈，敷腴如壯盛時。連舉四丈夫子。始悟異人識記云云，所謂「一人口千人」者，即太和年號也。此經冥祥感應，聳動幽明。以叢殘石本，猶能于千載之下，現此靈異。安知穆倩非有唐諸人，宿世信持，乘彼願輪，重來開顯者歟？余竊謂是刻，在今已爲絶編蠹軸，而師心删略之文，又不可以行遠。穆倩工二王書，當鈎搨此碑書法，依秦譯經文，摹而刻之。不獨右軍之書，得仗法寶以住〔一二〕灰劫，而昔人刊削聖教之過愆，亦隱然代爲懺除。斯或如來護念付囑之遺意也。穆倩當謹思吾言，毋忽。庚子二月，爲穆倩書于廣陵舟中〔一三〕。有學集卷四十六

【校記】

〔一〕金匱本、文鈔補遺有「路羣」二字，邃本、鄒鎡序本無。〔二〕金匱本、文鈔補遺作「恩」，它二本作「思」。〔三〕文鈔補遺作「賜」，各本作「示」。〔四〕金匱本、文鈔補遺作「街」，它二本作「衢」。〔五〕各本作「此」，文鈔補遺作「是」。〔六〕各本作「耀」，文鈔補遺作「輝」。〔七〕金匱本、文鈔補遺作「料揀」，它二本作「選擇」。〔八〕金匱本、文鈔補遺作「七」，它二本作「也」。〔九〕文鈔補遺作「期」，各本作「朝」。〔一〇〕文鈔補遺作「之」，各本作「三」。〔一一〕金匱本、文鈔補遺作「夢」，它二本作「人」。〔一二〕文鈔補遺作「住」，旁注「作拄」，各本作「柱」。〔一三〕文鈔補遺有「庚子」以下十三字，各本無。

題懷素草書卷

余所見藏真真跡，凡數卷，大都絹素刓敝，字畫淺淡，令人于滅没有無〔一〕之間，想見驚沙折〔二〕壁，因風變化之妙耳。此卷箋紙簇新，無直裂紋勻之狀。字皆完好，無一筆捐缺。應知

此上人是阿羅漢現身，尚在人間，故于此紙上揮洒墨汁，重作醉僧書，遊戲神通也。己亥嘉平月〔三〕。有學集卷四十六

【校記】

〔一〕文鈔補遺作「有無」，各本作「無有」。　〔二〕各本作「折」，文鈔補遺作「柝」。按：皆誤，當作「拆」，拆壁乃書法典故。　〔三〕文鈔補遺有末五字，各本無。

李忠毅公遺筆跋

江陰之東原，里名長涇、赤岸，相去五六里，牛宫〔一〕豚柵，比屋相望。其中有二偉人焉，一爲宫諭謚文貞繆公當時，一爲御史謚忠毅李公次見。次見則當時夫人之〔二〕弟之子也。余與當時游，識次見書生時。天啓乙丑，逆奄鉤黨急，刺促長安中，篝燈夜坐〔三〕。當時絮語及應山，余撫几歎曰：「應山拚一死糜爛，爲左班立長城。微應山，黨人駢首參夷〔四〕，他日〔五〕有信眉地乎？」次見擊節以爲知言，目光炯炯激射，寒燈翳然，爲之吐芒。相與長歎而罷。明年，二公同時被禍。奄敗，卒與應山偕卹録，蓋三十餘年矣。次見子遜之鈎摹檻車遺書，刻之于石。余觀之，老淚霑紙，如綆縻不絶。余老而後死，

洊更桑海，追憶往事，又在龍漢劫前，不自知涕之無從也。次見之訓子，本忠孝、教尊讓，當飲章急徵時〔六〕，無湫攸孤憤之語〔七〕。蓋其天資〔八〕近道，不事鏃礪，而又涵養于神廟中年化成之日，爲盛世之人材，宜其終〔九〕和且平若此。詩曰：「先君之思，以勗〔一〇〕寡人。」有周中衰，婦人女子，猶〔一一〕浸灌先王之教，訓習温柔敦厚之風。孔子曰：「豐水有芑，百世之仁也。」不其然乎？不其然乎？遜之九齡藐孤，佩服遺訓，蔪然無忝所生，人謂次見有後矣。聿懷多福，君子有穀，詒孫子。于李氏庶幾左驗矣，而顧未驗于國家。次見從〔一二〕當時朝于帝所，周視下土〔一三〕，其亦有隱恫也矣！己亥七月朔日，虞山通家老生錢謙益載拜謹跋〔一四〕。（有學集卷四十六）

【校記】

〔一〕遂本、鄒鎡序本、金匱本作「宮」，文鈔補遺作「棚」，有校語云：「棚」，蒼改「欄」。

〔二〕文鈔補遺有「之」字，各本無。〔三〕各本作「坐」，文鈔補遺作「談」。〔四〕金匱本、文鈔補遺作「夷」，遂本、鄒鎡序本作「彝」。〔五〕各本作「日」，文鈔補遺作「時」。〔六〕金匱本、文鈔補遺作「時」，遂本、鄒鎡序本作「事」。〔七〕文鈔補遺作「語」，各本作「詞」。〔八〕各本作「資」，文鈔補遺作「質」。〔九〕文鈔補遺作「其中」，各本無「其」字，「中」作「終」。〔一〇〕金匱本作「勗」，各本作「畜」。〔一一〕文鈔補遺有「猶」字，各本無。〔一二〕文鈔補遺作「從」，各本作

「偕」。〔一三〕各本作「周視下土」，文鈔補遺作「仿佯臨望」。〔一四〕文鈔補遺有「己亥」以下十九字，各本無。

題董玄宰書山谷題跋

右董文敏公玄宰書山谷題跋十則，是其中年最合作之書。公嘗過余山樓，爲人題松雪字卷竟，閣筆謂余：「每一搦管，秀媚之氣，側出于〔一〕腕間，不能驅遣。坐此不及古人耳。」今所書山谷書，有云：「凡書要拙多于巧。」意亦相似。然此書輕濃得中，姿態横陳，唐人謂春花發豔，夏柳低枝，亦何嘗以秀媚爲病耶〔二〕？虎文愛〔三〕此卷如頭目，不忍豪奪，遂題歸之。

有學集卷四十六

【校記】

〔一〕各本作「于」，文鈔補遺作「手」。〔二〕文鈔補遺作「耶」，各本作「而」。〔三〕金匱本、文鈔補遺作「愛」，邃本、鄒鎡序本作「受」。

跋紫柏大師手札

右紫柏大師手札十二通，故祭酒馮公開之家藏，其孫研祥裝裱爲一册。馮公萬曆中名宰官，皈心法門，大師以末法金湯倚重，故其手札，丁寧付囑，如家人父子。而其猛利烹鍊，毒手鉗錘，迥出于軟煖交情之外。公爲人真實無枝葉，則以心真而才智疎，終非金湯料朂之。其御物疏通多可，則以世故重而道念輕，恐中心柱子，不甚牢固砭之。官位稍進，則以官漸大，疾亦大，謂南宫冷静，可以久禄，爲自食其言警之。公技癢好作時文，則以秀鐵面訶李伯時畫馬，應入驢胎馬腹藥之。公以吉凶悔吝，商搉行止，則以斷髮如斷頭，更有何頭可斷決之。横行直撞，熱喝痛棒，剺破面皮，𢫬落情網，皆所謂自敵已下不能堪者。師既不惜饒舌，而公則奉爲金口。師資吸受，如磁引鐵，近古所希有也。大師去世已久，讀其手札，慈容悲誨，儼然如生。一腔心血，傾倒爲人。角芒槎牙，湧現于筆尖幅上。雖欲不頫首下拜、熱淚迸流，而不可得也。

大師作書，都不屬草，緣手散去。全集載與祭酒書才二紙，甬東陸符搜訪爲别集，而未盡也。研祥以念祖之故，念法念僧，鄭重藏弆，俾余得繙閲繕寫，豈不幸哉！研祥胚胎前光，熏染深厚，正法眼藏，如力士寶珠在額上，久當自現。余願執簡以須之。有學集卷四十六

題書金剛經後

此吴人杜大綬所書金剛經不全之本，太倉王異公補成之，以追薦其母夫人者也。韓昌

黎儒者，抗言排佛，其爲絳州馬刺史行狀，則曰：「司徒公之薨也，刺臂出血，書佛經千餘言，期以報德。」然則書經薦親，固亦大儒闢佛者之所不禁與？般若智炬，炳乎文字，當〔一〕異公書經時，當有六種金剛，湧現筆端。不離卷帙，已恍如見母夫人珠宮貝闕生天之處矣。有學集卷四十六

【校記】

〔一〕各本作「當」，文鈔補遺旁注「應」字。

題尹子求臨魏晉名人帖

子求謝黔兵事還蜀，不遠東吳萬里，弔我于削杖中。期以三年後，攜家出蜀，相依終老。而不得遂，卒罵賊盡節以死。此帖則子羽官蜀時，書以相貽者也。子求廉直好古，所至焚香掃〔一〕地，晨起手自滌硯，楷書百餘字，鈎摹魏、晉書法，搜剔抉擿，細入絲髮。今觀此帖，老蒼瘦勁。光明雄駿之氣，鬱盤行墨之〔二〕間，良可寶也。子求生平，不吐一俗語，不作一俗事，不侶一俗客。處中朝士大夫中，如異雞介鳥。顧其晚節卓絕如是〔三〕。昔顏魯公叱盧杞、詈希烈，握拳透爪，死不忘君，其在吳興，與杼山畫師、陸鴻漸、張玄真之徒，理經藏、修韻海，坐三癸亭，援雲倚石，風流弘長，映帶百世。以是知古來忠臣志士，捐軀殉國，卓犖驚世者，皆天

下真風流不俗人也。吾又于子求見之矣。己亥新秋，虞山錢謙益再拜謹跋〔四〕。有學集卷四十六

【校記】

〔一〕文鈔補遺作「掃」，各本作「拂」。〔二〕文鈔補遺有「之」字，各本無。〔三〕各本作「是」，文鈔補遺旁注「此」字。〔四〕文鈔補遺有「己亥」以下十三字，各本無。

書張子石臨蘭亭卷

往吾友程孟陽，汲古多癖。常寶藏蘭亭一紙，坐卧必俱，以爲真定武也。等慈長老居拂水，亦好觀蘭亭，孟陽端席拂几，鄭重出眎。等慈指放字一磔，以爲稍短。孟陽怫然不悦，曰：「此放字一磔稍短，如蒼鷹指爪一縮，有横擊萬里之勢。若少展，别無餘力矣。師老書家，尚留此俗筆于眼底耶？」辭色俱厲，面發赤不止。余以他語間之而罷。今年冬日，紙窗孤坐，忽見子石所臨蘭亭卷，追憶四十年前，山園蕭寂，松栝〔一〕藏門，一老幅巾憑几，摩挲古帖，面目咳唾，宛如昔夢。覽〔二〕子石斯卷，恨不得見孟陽昂首聳肩撫卷而歎賞也。爲泫然久之。有學集卷四十六

【校記】

〔一〕金匱本、文鈔補遺作「松栝」，邃本、鄒鎡序本作「私括」。〔二〕文鈔補遺有「覽」字，各本無。

題李長蘅畫扇册[一]

長蘅晚年遊跡，多在西湖。鄒孟陽、聞子將每設長案，列縑素，攤卷拭扇，以須其至。長蘅笑曰：「此設三覆以誘我矣。」揮毫潑墨，欣然樂爲之盡。故兩家所得最富，扇紙累百計不止。余平生愛惜朋友，檀園、松圓，楮墨藏弆，僅以十數計。絳雲之災，胥熸于火。而鄒聞溘逝後，篋衍狼藉，僮奴竊取以供博弈，不知其爲主人之頭目腦髓，可歎也！子羽收畫扇十幅，上有鄒氏圖記。余撫之憮然而嘆。以長蘅之書[二]畫，兩家之多取，與余之寡取，未轉盼而同歸于盡。天下之物，其可錮而留之也哉！此册爲楚人之弓，遞代郵傳，以及子羽，而余得以摩挲把玩幸矣！子羽，達人也，書其後而歸之。己亥夏六月立秋後四日[三]，蒙叟錢謙益書于[四]碧梧紅豆村莊。

淵明集有畫扇贊，盧德水取以名室曰畫扇齋。余愛德水之妙于欣賞而工于標舉也，過杜亭，信宿齋中，因語德水：「此中難著俗[五]物，如吾友程孟陽、李長蘅，乃畫扇齋中人耳。」德水死，此齋爲馬肆矣。子羽得長蘅畫扇，宜舉德水例以名其齋。德水以淵明之贊，而子羽以長蘅之畫，如燈取影，各有其致。余他日當補爲之贊。

拂水丙舍新成，谿堂澗户，差可人意。松圓老人嘆曰：「但恨長蘅早去，不得渠仰面背手，吟嘯嘆賞，爲闕陷事耳。」今年修葺秋水閣，少還舊觀。松圓亦爲古人久矣。覽長蘅畫扇，煙嵐濃淡，堤柳蔽虧，朝陽花信，居然粉本。吾詩固有之，安知李生〔六〕不與大癡諸人神游其間耶？

過南滁，上清流關，關山屈盤，關門有壯繆侯廟，朱干紅旆，閃颺山城麗譙上。此扇景約略近之。過此如穿井幹而出，驚沙平田，騁望千里，此走濠、泗、豐沛道也。長蘅過此，口占示余曰：「出門日日向東頭，才過濠州又宋州。心似磨盤山下路，千迴萬折幾時休？」扇頭嶺路紆餘，人家客店，幾點在夕陽外，正似磨盤山脚，日晡驅車時也。歐陽公云：「漠然徒見，山高而水清。」此何時也耶？長蘅詩檀園集失載，追録於此。

此幅長堤疎柳，溪橋迴伏〔七〕，絶似吾山莊沿堤風景。孟陽居聞詠亭，散步行吟，蟄巾往返，步屧可以指數。今扇頭堤橋上一叟閒閒，扳枝倚樹，傲兀自得，使山中村媪牧豎，信手指目，必以爲吾孟陽也。長蘅爾時隨手點染，豈自知爲孟陽寫真耶？

東坡書報王定國：「余近日畫得寒林，已入神品。」此老矜重，自以爲能事如此。豈若吾長蘅盤礴之暇，以退筆殘墨揮洒，遂妙天下耶？坡嘗言：「歐陽公天人也，人或以爲似之且過之，非狂即愚。」余安得爲此無稽之言，亦聊以發子羽一笑耳。

長蘅易直闓達，多可少忤。然其胸中尚有事在。啓、禎之交，感憤抑塞，至于酸辛嘔血。

作枯木皴石，虬曲蟠鬱，亦所謂「肺肝槎牙生竹石」也。

松圓老人嘗於奚奴摺扇畫袁海叟「隔花吹笛正黃昏」之句。珠林玉樹，澹月朦朧。余苦愛之。長蘅此幅，彷彿相似。又似〔八〕登鐵山，坐長蘅六浮閣址，看西山梅花〔九〕，古香清塵，浮動心眼，使人取次指點，便欲飈去。大抵清林疎樾，輕煙淡粉，昔人所評淺絳色畫，唯吾江南有此風景。又非此中高人秀士，不能籠挫撈漉，寫著阿堵中也。二老仙去，子羽故應玄對此語。

東坡題〔一〇〕李唐臣秋景云：「野水參差落漲痕，疎林欹倒出霜根。浩歌一櫂歸何處？家住江南黃葉村。」長蘅畫扇累幅，皆饒此意。蓋自壬戌罷公車，絕意榮進，思終老於菰蒲稻蟹之鄉，其寄興疎放如此。今余老矣，暮年江關，微風摇動，未知長腰縮項，得安穩老饕否？李畫中有長年舟子，却迴煙櫂，張頤鼓枻，故坡詩有「浩歌一櫂」之句。今應于扇面補畫一白頭老人企脚放歌，以代舟子。詩有之：「蒹葭蒼蒼，白露爲霜。所謂伊人，在水一方。」江南黃葉村中，豈可無此一老人耶？

展畫卷至第十幅，扁舟淺水，簑笠一翁，面山兀坐，居然李唐畫中舟子。撫卷輾然，豈天之有意於斯人耶？碧梧紅豆村中，涼風將至，白鷗黃葉，身在長蘅畫扇中。仙酒獨酌，罏香凝塵。每笑〔一一〕柴桑處士觀山海經，覽穆王圖，流詠荊軻、田疇，胸中猶擾擾多事。方爲子

羽題册，人從京江來，傳言白帝倉空〔一二〕。放筆一笑，并書于尾〔一三〕。有學集卷四十六

【校記】

〔一〕本題凡十則，金匱本及文鈔補遺所收爲全文，首尾完具。邃本、鄒鎡序本僅有第一則，且文字至「不知其爲主人頭目腦髓可歎也」而止，第一則亦不全。〔二〕文鈔補遺作「書」，金匱本作「詩」。〔三〕文鈔補遺有「立秋後六日」五字，金匱本無。〔四〕文鈔補遺有「于」字，金匱本無。〔五〕文鈔補遺作「俗」，金匱本作「雜」。〔六〕文鈔補遺作「生」，金匱本作「三」。〔七〕文鈔補遺作「伏」，金匱本作「複」。〔八〕文鈔補遺有「又似」二字，金匱本無。〔九〕金匱本「花」字下有「海」字，文鈔補遺無。〔一〇〕文鈔補遺有「題」字，金匱本無。〔一一〕文鈔補遺作「每笑」，金匱本作「因念」。〔一二〕文鈔補遺有「方爲」至「倉空」十七字，金匱本無。〔一三〕文鈔補遺有末四字，金匱本無。

跋顧與治藏大癡畫卷

大癡富春山圖，已爲焦尾琴、燒竹笛矣。浮嵐煖翠，往在毘陵唐氏，得見之如拱璧。今墮〔一〕落銅山錢埒中。明妃遠嫁呼韓，欲省識春風一面，安可復得？此卷爲與治家藏。清齋韻士，焚香矜賞。天寒翠袖，日暮修竹，如此相守，亦復何恨！一峯老人在車箱谷前，亦當披

雲一笑，慶兹卷之遭也。丁酉長至二日題〔二〕。有學集卷四十六

【校記】

〔一〕各本作「墮」，鄒鎡序本作「隨」。〔二〕文鈔補遺有末七字，各本無。

題鄭千里畫册

丁南羽、鄭千里，皆與予善，而篋中無一縑片素。今王君藏千里小景百幅，裝褫標識，卷帙〔一〕精好。人之好事與不好事，相去若此。然君既善收藏，又樂與人賞鑒。晴窗棐几，焚香展玩，百幅中雲舫〔二〕烟海，時時與余共之。則余家畫笥，故在金陵，安知非余一〔三〕廚之寄，而徒以藏弃爲有無也哉？君寶愛此册，屬余題其端。余觀古人書畫，不輕加題識。題識蕪煩，如好肌膚多生疥癘，非書畫之福也。桓玄憎客以寒具手執畫，好事家以爲美談。余之信手批抹者，其點汙卷軸，尤甚于〔四〕寒具之油，而人顧以爲好者，何也？聊書此以發君一笑。

有學集卷四十六

【校記】

〔一〕金匱本、文鈔補遺作「帙」，邃本、鄒鎡序本作「帖」。〔二〕金匱本作「舫」，邃本、鄒鎡序

本作「房」。文鈔補遺作「昉」，旁注：一作「肪」。俱誤。〔三〕金匱本、文鈔補遺作「余一」，它二本作「金」。〔四〕文鈔補遺有「于」字，各本無。

題聞照法師所藏畫册

古之善畫者，以山河城郭、宫室人民，爲吾畫笥。以風雲雪月、烟雨晦明，爲吾粉本。不知此世界中，山河大地、水陸空行，一切唯識中之相分也。畫家之心，玲瓏穿漏，布山水于行間，吐雲物于筆底，一切皆唯識中之見分，從覺海澄〔一〕圓，妙明明妙中，流現側出者也。華嚴五地菩薩登地之後，乃能妙解世間畫筆琴書，種種伎藝，至於塵裏轉輪，毫端見刹，而畫家之能事畢矣。王右丞曰：「宿世謬詞客，前身應畫師。」杜工部曰〔二〕：「一重一掩吾肺腑，山鳥山花吾友于。」孰謂文人爲不知道乎？聞照法師，精通性相，開演唯識，苦愛無補畫册，不忍去手。其高足瓊師，丹青特妙。余恐世之觀者，以二師皆有畫癖，或〔三〕非衲衣本色也，故書示之。有學集卷四十六

【校記】

〔一〕各本作「澄」，文鈔補遺作「證」。〔二〕金匱本、文鈔補遺有「曰」字，邃本、鄒鎡序本無。

〔三〕文鈔補遺有「或」字，各本無。

吳漁山臨宋元人縮本題跋

董、巨以後，山水一派，流種東南，元初趙文敏獨臻其妙。黄子久、吴仲圭、倪元鎮、王叔明諸家，相繼而作。明興百餘年，而有沈啓南、唐子畏、文徵仲，又將百年而有董華亭。蓋江左開天之地，斗牛王氣，垂芒散翼，焕爲圖繪，非偶然者。其風流文采，久而滋長，亦熏習之力使然也。

余聞子久居烏目傍小山，飲酒所至，輒畫。自湖橋抵拂水，放舟兩湖，畫横卷長數十丈。稿本未經裝裱，民家束入竹筒[一]，置複壁中。訪求不可得。華亭爲撫掌歎息，艤舟湖山間，坐卧累日，語予曰：「子久數十丈卷，今飽我腹笥，異時當爲公倒囊出之。」華亭仙去，垂[二]三十餘年。山窗水榭，未嘗不追憶斯言也。

冬日屏居，漁山吴子，眎予手臨宋、元畫卷，烘染皴皴，窮工盡意。筆毫水墨，皆負雲氣。向之慨慕子久，與華亭所手摹心追者，一往攢聚尺幅，如坐鏡中，豈不快哉！漁山古淡安雅，如古圖畫中人物。人將謂[三]子久一派，近在虞山。余深望之。此卷真蹟，皆烟客奉常藏弆，又親傳華亭一燈，密有指授，故漁山妙契若此。烟客跋[四]尾，不欲示人以斵輪之妙，故隱而不書。予聊及[五]之，以信吾熏習之説。癸卯仲冬十七日[六]。（有學集卷四十六）

【校記】

〔一〕各本作「筒」，文鈔補遺作「筩」。〔二〕文鈔補遺有「垂」字，各本無。〔三〕文鈔補遺作「人將謂」，各本只有「將」字。〔四〕金匱本、文鈔補遺作「跋」，邃本、鄒鎡序本作「張」。〔五〕文鈔補遺作「及」，各本作「極」。〔六〕文鈔補遺有末七字，各本無。

王石谷畫跋〔一〕

黄子久没二百餘年，沈、文一派，近在婁江。石谷子受學于圓照郡守，又從奉常烟客遊，盡發所藏宋、元名蹟，匠意描寫，烟雲滿紙，非畫史分寸渲染者可幾及也。子久居烏目西小山下，坐湖橋，看山飲酒，飲罷，輒〔二〕投其缾于橋下，舟子刺篙得之。至今呼黄〔三〕大癡酒缾。晚年遊華山，憩車箱谷，吹仙人所遺鐵笛，白雲滃起足下，擁之而去。石谷安貧守素，胎性輕安，去凡俗腥穢遠甚。已得子久少分，畫品當亦爾爾。昔人言：子久畫山頭必似拂水，叔明畫山頭必似黄鶴。二公胸中有真山水，以腹笥爲粉本，故落筆輒似。石谷殆可與語此。然吾鄉藝苑多人，畫家則子久，隸篆則繆仲素，詞賦則桑民懌、徐昌國，今皆寥絶無繼。而子久衣鉢，殆將獨歸石谷。此可爲三歎也。癸卯仲冬十七日〔四〕。有學集卷四十六

【校記】

〔一〕此文亦收于外集卷二十五，題作「題王石谷畫卷」。〔二〕外集無「輒」字。〔三〕各本有「黄」字，文鈔補遺無。〔四〕文鈔補遺有末七字，各本無。外集作「癸卯中秋東澗遺老錢□□題于雲上軒」。

絳雲樓題跋卷六

自跋留侯論後〔一〕

余年十五，作留侯論，盛談其神奇靈怪，文詞俶儻，頗爲長老所稱許。今乃〔二〕知其不然。子房當呂政并吞，宗國淪喪，藉五世之業，敵九世之讐，破家致命，閔閔皇皇，如魚銜鉤，如雉帶箭。博浪之椎，一發不中，將百發而未已，豈自料必有濟哉？求士而遇倉〔三〕海君，潛匿而遇圯上老人，窮塗亡命，萍梗相值，固非有意鈞奇也。軹〔四〕道降秦，垓下蹙項，風雲玄感，雪恥除兇。自請封留，平生之願足矣。龍準遲暮，雉姁晨鳴。金玦菀枯，災祚杌棿。報韓之心已了，報劉之緒未憖。于是扣囊底之智，鈞致四老人以肇安劉之績。兩家宿債，一往酬還，都無餘剩，自是乃可以長謝〔五〕世間，伴黃石而尋赤松矣。由是觀之，子房蓋楚、漢間一了債人也。匡山之忠臣，得請于帝，報在百年已後。是固然矣。借力于百年，又將結債于來世。以債還債，寧有了時？豈若子房天助神祐，功成身退，五世之讐，報于一身；多生之債，酬于現世。嗚呼！如子房者，真千古之幸人也哉！有學集卷四十七

【校記】

〔一〕本卷各文，亦收于文鈔補遺中。〔二〕各本作「今乃」，文鈔補遺作「乃今」。〔三〕文鈔補遺作「倉」，各本作「滄」。〔四〕金匱本、文鈔補遺作「軹」，邃本、鄒鎡序本作「只」。〔五〕各本作「謝」，文鈔補遺作「挹」，旁注：同「揖」。

題紀伯紫詩

海内才人志士，坎壈失職，悲劫灰而歎陵谷者，往往有之。至若沉雄魁壘，感激用壯，哀而能思，愍而不懟，則未有如伯紫者也。涕灑文山，悲歌正氣，非西臺慟哭之遺恨乎？吟望閲江，徘徊玉樹，非水雲送别之餘思乎？芒鞖之間奔靈武，大冠之驚見漢儀，如談因夢，如觀前塵。一以爲曼倩之射覆，一以爲君山之推緯，愀乎憂乎！杜陵之一飯不忘，渭南之家祭必告，殆無以加于此矣。

袁中郎評徐文長之詩，謂其胸中有一段不可磨滅之氣，英雄失路、託足無門之悲，故其詩如嗔如笑，如水鳴峽，如種出土，如寡婦之夜哭，如羈人之寒起。當其放意，平疇千里。偶爾幽峭，鬼語幽墳。移以評伯紫之詩，庶幾似之。余方鋃鐺逮繫，纍然楚囚。誦伯紫之詩，如孟嘗君聽雍門之琴，不覺其欷歔太息，流涕而不能止也。雖然，願伯紫少閟之，如其流傳歌咏，廣賁焦殺之音，感人而動物，則將如師曠援琴而鼓最悲之音，風雨至而廊瓦飛，平公恐懼，伏于廊屋之間，而晉國有大旱赤地之凶。可不慎〔一〕乎！可不懼乎！己丑春王三月，題于桃葉渡之寓舍〔二〕。有學集卷四十七

【校記】

〔一〕金匱本、文鈔補遺作「慎」，邃本、鄒鎡序本作「懼」。〔二〕文鈔補遺有「己丑」至末十四字，各本無。

題程穆倩卷

讀稚恭先生贈穆倩序，傾倒於穆倩至矣。稚恭之文，三歎于漳海、清江，頗以其不能薦樽穆倩爲惜。余于二君禮先一飯，不以我老耄〔一〕而舍我。清江自監軍還，訪余山中，余贈詩有「梅花樹下解征衣」之句。漳海畢命日，猶語所知：「虞山不死，國史未死也。」嗟乎！吾黨心期蘊藉，良有託寄。向令得操化〔二〕權、運帝車，海内投竿舍築，詎止一穆倩？今日者，駕〔三〕鵝高飛，石馬流汗，穆倩既〔四〕旅人栖栖，稚恭亦有客信信。詩有之：「誰〔五〕秉國成？不自爲正，大命以傾。」豈不痛哉！世之有心人，讀稚恭斯文，而有感於漳海、清江用舍存亡之故，爰止之悼、百身之悲，蓋將交作互發，而稚恭之贈穆倩者，爲不徒矣。然吾聞稚恭，秦人

也。秦士之論，皆布候於慶陽。而稚恭此文，抑揚起伏，油然自得，有歐陽子之風，此則吾所爲喜而不寐也。有學集卷四十七

【校記】

〔一〕金匱本、文鈔補遺作「耄」，邃本、鄒鎡序本作「髦」。〔二〕金匱本、文鈔補遺作「化」，它二本作「作」。〔三〕各本作「駕」，邃本作「駕」。〔四〕邃本「既」下有「巳」字，金匱本、鄒鎡序本「既」下有「於」字，文鈔補遺無。〔五〕各本「誰」下有「能」字，文鈔補遺抹去。

題燕市酒人篇

甲午春，遇孝威于吴門，孝威出燕中行卷，皆七言今體詩。余賞其骨氣深穩，情深而文明，他日當掉鞅詩苑。今年復遇之吴門，見燕市酒人篇，學益富，氣益厚，骨格益老蒼。未及三年，孝威之詩成矣。

或曰：「孝威詩于古人何如？」案頭有中州集，余曰：「以是集擬之，當在元裕之、李長源之間。」或怫〔一〕然而起曰：「今之論詩者，非盛唐弗述也，非李、杜弗宗也。擬孝威於元季，何爲是譏譏者乎？」余曰：「不然。詩言志，志足而情生焉，情萌而氣動焉。如土膏之發，如候蟲之鳴，歡欣噍殺，紆緩促數，窮于時，迫于境，旁薄曲折，而不知其使然者，古今之真詩

也，吾讀裕之、長源詩，皇極、永明之什，牛車、孝孫之篇，朔風蕭然，寒燈無燄，如聞歎噫，如灑毛血，斯亦騷、雅之末流、哀怨之極致也。孝威以席帽書生，負河山陵谷之感。金甲御溝，銅駝故里。與裕之、長源，共欷歔涕泣于五百年内。盈于志、溢于情，若聲氣之入于銅角，無往而不一〔二〕也。安得而不同？子之云盛唐李、杜者，偶人之衣冠也，斷菑之文繡也。我之云裕之、長源者，旅人之越吟也，怨女之商歌也。安得以子之夢夢，而易我之諓諓者乎？孝威自命其詩曰燕市酒人篇。嗟夫！白虹貫〔三〕天，蒼鷹擊殿，壯士哀歌而變徵，美人傳聲于漏月，千古騷人詞客，莫不毛豎髮立，骨驚心死，此天地間之真詩也。子亦將以音律聲病，句擿而字度乎？知孝威命篇之指意，今之以元季擬孝威也，雖諓諓，庸何傷？孝威悦是言也，以告芝麓先生。先生曰：善哉！能爲裕之、長源者，望盛唐李、杜，猶北塗而適燕也。人言長安樂，出門向西笑。孝威自此遠矣！有學集卷四十七

【校記】

〔一〕各本作「怫」，文鈔補遺作「拂」。〔二〕金匱本、文鈔補遺作「一」，遼本、鄒鎡序本作「生」。〔三〕各本作「貫」，文鈔補遺作「横」。

題遵王秋懷詩

有客渡江來〔一〕，嗤點諸名士詩，謂將文選、唐詩爛熟背誦，撏撦搜略，遇題補衲，不問神理云何，警策云何，蓋末流學問之誤如此。予謂此非學問之誤，乃胎性使然也。仙家言胎性舍于營衛之中，五藏之内，雖獲良針，故難愈也。今詩人胎性凡濁，熏于榮衛五藏，雖〔二〕有文選、唐詩以爲針藥，適足長其痰烟，助其繁漫耳。學問何過之有？余苦愛退之秋懷詩云：「清曉〔三〕卷書坐，南山見高稜。」高寒悽警，與南山相棲泊，警絶于文字之外。能賞此二言，味其玄旨，斯可與談胎性之説矣。遵王近作秋懷十三首，余觀其有志汲古，味薄而抱明，冏冏乎南山之遺志也。故亟取焉。而遵王避席，請未已。若退之夢吞丹篆，傍一人撫掌而笑，似是孟郊。余老矣，無以長子。他日丹篆文成，余爲夢中傍笑之人，不亦可乎？癸卯中秋，書于雲上軒〔四〕。有學集卷四十七

【校記】

〔一〕文鈔補遺有「來」字，各本無。〔二〕金匱本、文鈔補遺作「雖」，邃本、鄒鎡序本作「之」。

〔三〕文鈔補遺作「曉」，各本作「晚」。〔四〕文鈔補遺有「癸卯」以下九字，各本無。

題爲龔孝升書近詩册子

往在白下，余澹〔一〕心采詩及余，余告之曰：老來作詩，約有二種。長言讕語，率意放〔二〕筆，不徵典故，不論聲病，吴人嗤笑俚詩，謂是静軒先生有詩爲證。余詩强半似之。至若取次應酬，牽〔三〕率屬和，撑腸少字，撚鬚乏苗，不免差排成聯，尋撦作對。子路乘肥馬，堯舜騎病猪。此十字金針詩格，鬨爲家寶。但是扇頭屏上，利市十倍。不敢云「舍弟江南，家兄塞北」也。金陵士友，爲之鬨堂大笑。頃孝老過〔四〕吴門，出素册屬寫近詩。扁舟細雨，聊爲命筆。輟簡觀之，大約是二種詩中前一種耳。晼〔五〕晚失學，老歸空門。世間文字，都如嚼蠟。詩〔六〕選之刻，流傳咸陽，聞高句麗使人頗相訪問。而大冠如箕，有戟手駡詈者。若今〔七〕見余舊詩，拖沓潦倒，向慕者或不免撫掌三歎，而唾詈者庶可以開口一笑也。孝老愛我，將以「老去詩篇渾漫興」代爲〔八〕解嘲，則吾豈敢。有學集卷四十七

【校記】

〔一〕文鈔補遺作「澹」，各本作「淡」。　〔二〕金匱本、文鈔補遺作「放」，邃本、鄒鎡序本作「于」。　〔三〕文鈔補遺作「牽」，各本作「率」。　〔四〕各本作「過」，邃本作「退」。　〔五〕文鈔補遺作「晼」，各本作「腕」，誤。　〔六〕各本作「詩」，文鈔補遺作「今」。　〔七〕金匱本、文鈔補遺作

「令」，邃本、鄒鎡序本作「今」。〔八〕文鈔補遺有「代爲」二字，各本無。

偶書黎美周遂球詩集序後

西昌徐巨源序番禺黎美周之詩，以爲太白以後一人，而自恨其不如。余驚怖其言，讀美周之詩，心眩目眙，惝怳自失者久之。廣陵鄭超宗邀諸名士賦黄牡丹詩，糊名易書，屬余看定，如唐人所謂擅場者。余取美周詩壓卷，一時呼黄牡丹狀元。鏤朱提爲巨杯，鑴余言以識。去今二十年，嶺郵中得其子所寄蓮鬚閣集，撰文懷人，潸然出涕。徐而視之，卷帙如故，向之爛然奪目者，都不憶記何處。豈陵谷貿易，詩以時更邪？抑朱碧錯互，識以久徙邪？不然，則或者老向空門，舍離文字，向者之耳目，茫然易向，而不能自主也。

客曰：不然，向之評美周，以巨源評美周也。今之評美周，以美周評美周也。向也實而今也虚，向也有待而今也無待也。鳩摩羅什爲兒時，隨母至沙勒，頂戴佛鉢，私念盋形甚大，何其輕邪？即重，失聲下之。母問其故。對曰：「我心有分別，故鉢有輕重耳。」徵童壽之盋喻，則客言亦大有理。未知巨源今日，戴盋輕重，視余又何如也？恨越在二千里外，無從與巨源劇談噴飯，聊書此以寄之。有學集卷四十七

跋蕭孟昉花燭詞

孟昉自西昌來就婚南都，詞人才士，有名士悦傾城之羨，並賦花燭詞，流豔人口。孟昉要余繼聲。暑夜酒闌，拍蚊揮汗，勉如卷中之數。諸公之詩，類皆[一]鮮榮妙麗，反商下徵，幽蘭白雪[二]之曲。而余以兔園村[三]夫子，摇腐毫，伸蠹紙，頌斯男而祝偕老，譬如樂工撤帳歌滿庭芳，匠人拋梁唱兒郎偉，雖其俚鄙號嗄，不中律吕，而燕新婚者、賀大廈者，亦必有取焉。唐人記嵩嶽嫁女，田璆、鄧韶兩書生，奉引相禮。雖爲羣仙所憐，傾折花枝[四]，賜熏髓酒，然老措大舉止郎當，衣冠潦倒，應不免令碧玉堂上捧玉箱[五]托紅箋人掩口竊笑。余之詩，忝預羣公之列，得無類是乎？孟昉歸，屬子晉刻其詩，趣爲跋語甚急。余語子晉：「子[六]當是衞符卿、李八百也。」并書以博孟昉一笑。有學集卷四十七

【校記】

〔一〕文鈔補遺有「類皆」二字，各本無。〔二〕文鈔補遺作「雪」，各本作「雲」。〔三〕金匱本、文鈔補遺有「園村」二字，邃本、鄒鎡序本無。〔四〕各本作「杯」，金匱本作「枝」。〔五〕文鈔補遺作「箱」，各本作「廂」。〔六〕金匱本、文鈔補遺作「子」，邃本、鄒鎡序本作「予」。

明媛詩緯題辭

本朝閨秀篇章，每多撰集。繁芿採擷，昔由章句豎儒；孟浪品題，近出屠沽俗子。回文錦字，塗抹兔園；紫鳳天吳，顛倒裋〔一〕褐。侍中口病，指點河漢之機絲；渾敦形殘，評泊霓裳之歌舞。徒使香奩掩鼻，美嬪捧心而已。

山陰王大家玉映，名刻苕華，肉齊環璧。松風入硯，金壺之汁〔二〕不乾；雲母養箋，蠶書之體自作。游茲策府，蕩我文心。綠筍丹筒，則卷盈方底；金箱玉版，則名溢縹緗。于是命絳人，敕毛穎，拂毫素，戒赫蹏。研匣琉璃，映澈觀書之秋月；筆牀翡翠，欲飛點筆之風霜。出入豈但于千金，褒貶有同于一字。命名詩緯，嗣音玉臺。亦史亦玄，又香又豔。斯則聊同棄日，孝穆所以無譏〔三〕；詒我彤管，蔚宗爲之三歎者也。

昔者上官昭容席人主並后之權，評昆明應制之什。丹鉛甲乙，紙落如飛。遂使沈、宋諸人，俛首一時，流豔千古。玉映以名家之女，擅絶代之姿。虀鹽自將，丹黃不御。聊以偏削，消此餘閒。走羣娥于筆端，籠孌諸于几上。玄音高唱，若嵩嶽之會衆真；墨兵蕭閒，如吳宮之教女戰。吕和叔昭容書樓歌曰：「自言文藝是天真，不服丈夫勝婦人。」悠悠古今，同斯永歎矣。道人心如木石，叙以夢言。匪云作戲逢場，聊亦助成水觀。辛丑六月〔四〕。有學集卷四十七

【校記】

〔一〕各本作「裋」，邃本作「短」。〔二〕金匱本、文鈔補遺作「汁」，邃本、鄒鎡序本作「汗」。

〔三〕金匱本、文鈔補遺作「讖」，邃本、鄒鎡序本作「識」。〔四〕文鈔補遺有末四字，各本無。

書瞿有仲詩卷

余嘗〔一〕謂〔二〕論詩者，不當趣論其詩之妍媸巧拙，而先論其有詩無詩。所謂有詩者，惟其志意偪塞，才力憤盈，如風之怒于土囊，如水之壅于息壤，傍魄結轖，不能自喻，然後發作而爲詩。凡天地之内，恢詭譎怪，身世之間，交互緯繣，千容萬狀，皆用以資爲詩〔三〕，夫然後謂之有詩，夫然後可以叶其宫商，辨其聲病，而指陳其高下得失。如其不然，其中枵然無所有〔四〕而極其撏撦採擷之力，以自命爲詩。剪采不可以爲花也，刻楮不可以爲葉也。其或矯厲氣矜〔五〕，寄託感憤，不疾而呻，不哀而悲，皆象物也，皆餘氣也，則終謂之無詩而已矣。

契家子〔六〕瞿生有仲，儽然書生，而有囊槖一世、牢籠終古之志氣〔七〕。其爲詩，長篇如訴，短詠若泣。俄而靁歎頽息，掐膺擗摽。俄而牢刺拂戾，拊譟〔八〕踴躍。使讀者愴然累欷，惝怳自失。徐而即之，則似〔九〕攫龍蛇、搏兕虎，欲與之鬬而不能也。余觀今之稱詩者多矣，求諸聲律排比之外，而論其有詩無詩，則不能不推有仲。

有仲通懷敏志，以余禮先一飯，僂而問道焉。老而失學，無以相長，則進而語之曰：「子之詩，富有日新，不可以歲月判斷。然吾觀確菴子之所評定者，則子之質的也。昔者玉川子作月蝕詩，韓子心服焉，而隱括其文曰效玉川子作。韓子之效之也，所謂約之以禮也。子之才筆〔一〇〕雄放奡兀，可以追〔一一〕步玉川，而確庵子則有志乎韓子之學者也〔一二〕，評子之詩，引繩切墨，蓋亦有約禮之思焉。子于是乎求之，有餘師矣。陶冶性情，杼軸理道。詞約義豐，詩之正令也。若夫連章累韻，悅目偶俗〔一三〕，以輿謣〔一四〕爲同聲，以嘈囋爲多助。攬採煩則意象雜，伸寫易則蘊蓄淺〔一五〕。陸士衡所謂寡情鮮愛，浮漂不歸者，此才多之通病，而長勝之兵所以善敗也。古之〔一六〕人所以善居其有者，則必有道矣。以吾言商諸確菴子，以爲何如也？」歲在己亥春王二月，通家蒙叟錢謙益書于紅豆閣〔一七〕。有學集卷四十七

【校記】

〔一〕文鈔補遺作「嘗」，各本作「常」。　〔二〕文鈔補遺「謂」字下有「善」字，各本無。　〔三〕金匱本、文鈔補遺作「詩」，遂本、鄒鎡序本作「狀」。　〔四〕文鈔補遺作「有」，各本作「以」。　〔五〕文鈔補遺作「氣矜」，各本作「矜氣」。　〔六〕文鈔補遺有「子」字，各本無。　〔七〕金匱本、文鈔補遺有「氣」字，遂本、鄒鎡序本無。　〔八〕文鈔補遺作「拊譟」，各本作「捬譟」。　〔九〕各本作「似」，文鈔補遺作「以爲」。　〔一〇〕文鈔補遺作「筆」，各本作「華」。　〔一一〕文鈔補遺作「追」，各本作「進」。

〔一二〕文鈔補遺有「也」字，各本無。〔一三〕各本作「俗」，金匱本作「語」。〔一四〕文鈔補遺作「輿謣」，金匱本作「輿諄」，邃本、鄒鎡序本作「樗輿」。〔一五〕各本作「淺」，文鈔補遺作「溥」。〔一六〕文鈔補遺有「之」字，各本無。〔一七〕文鈔補遺有「歲在」以下二十字，各本無。

書梅花百詠後

今之論詩者，以勢尖徑仄，捫枯扣〔一〕寂爲宗。若詠梅花詩，尤争爲荒寒瘦餓，如烟似夢之句。譬如蟪蛄之聲，發于蚯蚓之竅，雖復淒神寒骨，亦何足聽。又況陳根宿莽，滋蔓因仍，腐爛滿紙，正所謂陳言務去者乎？

新安程穆倩示余梅花百詠，灤〔二〕水高二亮先生和中峯本公韻而作者。弘放演迤，地負海涵，芳華妙麗，無所不有。其象物也博，其取境也全，其稱名指事也肆而隱，曲而不晦。隋、和〔三〕之珠，徑寸照乘，而崑山之人則用以抵鵲，富有日新。誠哉是言也。夫今人〔四〕之詠梅，所謂荒寒瘦餓者，亦取其形似而已矣。空山野水，梅之玄圃也，亦知夫珠宫玉照之非凡乎？疎籬短彴，梅之逸致也，亦知夫上林、兔苑之非俗乎？前村一枝，梅之遠神也，亦知夫羅浮萬樹之非繁非雜乎？有學集卷四十七

古來詠梅之詩，託始于水部少陵，譬之光音天人，未食地肥，于人間秔稻氣味，猶相越

也。林君復爲清真雅正主，以暗香疎影之句，標舉梅之眉目。高季迪爲廣大教化主，以雪滿月明之句，洗發梅之精神。二公自衆香國中來，爲此花持世，各三百年。文心秀句，新新不窮。披華啓秀，濬發斯詠。後三百年〔五〕，修摽〔六〕梅之祀者，孤山、青丘，壇墠不改。順祀配食，則南村在斯。以余言躋之其可也。

余老矣，皈心空門，世間文字都如噉蠟。讀二亮百詠，此心癢癢，食指欲動。二亮有事吴門，而余方鑿坏踰垣，屏跡貴游，不獲一見。聊書長語于卷末，因穆倩以寓焉。墓田丙舍，堂前〔七〕老梅數十株，日夕把〔八〕百詠詩，吟〔九〕賞其下。凌風却月，縞袂扣門，酒闌夢斷，怳忽在卷帙間。謂余爲〔一〇〕不識二亮，故未可也。甲午四月晦〔一一〕。有學集卷四十七

【校記】

〔一〕文鈔補遺作「扣」，各本作「守」。〔二〕文鈔補遺作「灤」，各本作「濼」。〔三〕文鈔補遺作「和」，各本作「何」。〔四〕文鈔補遺有「人」字，各本無。〔五〕金匱本、文鈔補遺有「文心」至「百年」二十字，邃本、鄒鎡序本無。〔六〕邃本作「摽」，各本作「標」。〔七〕文鈔補遺有「堂前」二字，各本無。〔八〕金匱本、文鈔補遺作「把」，邃本、鄒鎡序本作「抱」。〔九〕文鈔補遺有「吟」字，各本無。〔一〇〕文鈔補遺有「爲」字，各本無。〔一一〕文鈔補遺有末五字，各本無。

嗜奇説書陸秋玉水墨廬詩卷

孫子子長，吾黨之知言者也。好陸子秋玉詩，袖以示余曰：「此今之嗜奇人也，夫子幸有以張之。」留之彌月，取次吟賞。標新領異，良如孫子所云。余胸中無奇，以孫子言，直歎其奇而已矣。東海中有水母，以蝦爲目，而余以孫子爲目，甚矣余之可笑也。孫子趣余張其詩，請爲孫子終嗜奇之説。

今夫芻豢粱肉，天下同嗜也。有人焉，厭膏粱而甘藜莧，或嗜昌歜〔一〕，或嗜棗芰，則奇。又有人焉，厭五穀，鍊服食，餐雲母而飲甘露，則益奇。雖然，未嘗奇也。彭祖之斟雉羹，麻姑之擗麟脯，皆其日用飲食也。仙家有梨棗之藥，諸天有飲食之樹，自然任運，非幻化而得也。物亦有之，麝之食柏也，蟲之食木也，蠹之食字也，人以爲奇，而彼固以爲芻豢粱肉，屬厭而後已也。若夫夷〔二〕由食火，蜣蜋食糞，蝍蛆食虵腦，竊脂賊苗之類，皆將笑而嘬之，則亦何奇之有哉！昔者昌黎之門，文莫奇于樊宗師，詩莫奇于盧仝。樊之文，昌黎以爲文從字順者也。盧之詩曰：「海月護〔三〕羈魂，到曉點孤光。夜半睡獨覺，爽氣盈心堂。」吾以爲非昌黎之門〔四〕不能道也。孫子既以嗜奇知陸子，括羽鏃礪，請以昌黎之門爲準。若夫馬蘭請客，盍玉川子之俳語，而長頸高結，鬬險于菌蠢彭亨之辭，亦非余之所謂奇也。書之以復于孫子，

且以爲陸子詩序。庚子夏五，蒙叟錢謙益書于紅豆閣之雨窗下〔五〕。有學集卷四十七

【校記】

〔一〕各本作「昌歜」，鄒鎡序本作「梨栗」。〔二〕金匱本、文鈔補遺作「夷」，邃本、鄒鎡序本作「彝」。〔三〕文鈔補遺作「護」，各本作「獲」。〔四〕金匱本有「之門」二字，各本無。〔五〕文鈔補遺有「庚子」以下十八字，各本無。

題徐季〔一〕白詩卷後

余少不能詩，老而不復論詩。喪亂之後，蒐采〔二〕遺忘，都爲一集。間有評論，舉所聞于先生長者之緒言，略爲標目，以就正于君子。不自意頗得當于法眼，雜然歎賞，稱爲藝苑之金錍。而一二詗厲者，又將吹毛刻膚，以爲大謬〔三〕。老歸空門，深知一切皆幻，付之盧胡〔四〕而已。偶遊雲間，徐子季白，持行卷來謁，再拜而乞言，猶以余爲足〔五〕與言者也。余竊心愧之。

余之評詩，與當世牴牾者，莫甚于二李及弇州。二李且置勿論，弇州則吾先世之契家也。余髮覆額時，讀前後四部稿，皆能成誦，闇記其行墨。今所謂晚年定論者，皆舉揚其集中追悔少作與其欲改正卮言勿悞後人之語，以戒當世之耳論目食、刻舟膠柱者。初非敢鑿

空杜譔，欺誣先哲也。雲間之才子，如卧子、舒章，余故愛其才情，美其聲律。惟其淵源流别，各有從來。余亦嘗面規之，而二子亦不以爲耳瑱。采詩之役，未及甲申以後，豈有意刊落料揀哉？

嗟夫！天地之降才，與吾人之靈心妙智，生生不窮，新新相續。有三百篇，則必有楚騷。有漢、魏、建安，則必有六朝。有景隆、開元，則必有中、晚及宋、元。而世皆遵守嚴羽卿、劉辰翁、高廷禮之瞽説，限隔時代，支離格律，如癡蠅穴紙〔六〕，不見世界。斯則良〔七〕可憐愍者。如雲間之詩，自國初海叟諸公，以迄陳、李，可謂極盛矣。後來才俊，比肩接踵，莫不異曲同工，光前絶後。季白則其超乘絶出者也。生才不盡，來者難誣。必欲以一人一家之見，評泊古今。牛羊之眼，但别方隅，豈不可爲一笑哉！余絶口論詩久矣，以季白虚心請益，偶有棖觸，聊發其狂言，亦欲因季白以銲于雲間之後賢也。有學集卷四十七

【校記】

〔一〕各本作「季」，邃本作「少」。　〔二〕金匱本、文鈔補遺本作「采」，邃本、鄒鎡序本作「來」。
〔三〕各本作「謬」，金匱本作「繆」。　〔四〕金匱本、文鈔補遺作「胡」，邃本、鄒鎡序本作「和」。
〔五〕各本作「足」，文鈔補遺作「可」。　〔六〕各本作「紙」，鄒鎡序本作「牕」。　〔七〕文鈔補遺「良」字下有「爲」字，各本無。

題西湖竹枝詞

每讀西湖詩〔一〕，不耐板蕩腥羶〔二〕之語。楊鐵崖故宫詩，用紅〔三〕兜字，輒欲舉筆抹之。今觀鷓鴣竹枝百首，雖復慷慨歷落，别有託寄，而所叙列，多不可〔四〕吾意。吾祖武肅王築錢塘詩云：「傳語神龍并水府，錢塘今擬作錢城。」去今千餘年，英雄之氣尚在。每吟鷓鴣一絶，輒曼聲歌此詩以亂之。有學集卷四十七

【校記】

〔一〕文鈔補遺作「詩」，各本作「書」。〔二〕邃本、文鈔補遺作「腥羶」，鄒鎡序本、金匱本作「黍禾」。〔三〕金匱本、文鈔補遺作「用紅」，邃本、鄒鎡序本作「甲絶」。〔四〕金匱本「可」字下有「了」字，各本無。

題李屺瞻谷口山房詩〔一〕

故御史大夫謚敏〔二〕肅涇陽漸菴李公，萬曆之偉人也。余兒童時，已知頌公，如蘇子之於韓、范、富、歐。長而奉教于先達，知公爲趙浚谷先生之壻，微言大義，扣擊于浚谷者爲多。余評定本〔三〕朝秦〔四〕文，以浚谷爲冠首。行求李公之文，唯流傳奏疏，每爲嘅歎。今年游白

門，得見李公之曾孫屺瞻，弓冶箕裘，羽儀是在，不獨廑〔五〕中郎虎賁之思而已。

屺瞻以詩草示余，屬爲是正。屺瞻之詩，如陳正字行卷，一日而傾雒下，何竢余言？余觀秦人詩，自李空同以逮文太青，莫不伉厲用壯，有車鄰、駟驖之遺聲。屺瞻獨不然，行安節和，一唱三歎，殆有蒹葭白露、美人一方之旨意，未可謂之秦聲也。詩曰：「自我有先正，其言明且清。」盛明之世，大人君子詒謀善物，皆有温柔敦厚，豈弟易直之流風。觀于屺瞻之詩，余之頌慕漸菴爲不徒也已。有學集卷四十七

【校記】

〔一〕各本「詩」字下有「序」字，文鈔補遺無。　〔二〕文鈔補遺作「敏」，各本作「愍」。〔三〕邃本、文鈔補遺作「本」，鄒鎡序本作「明」，金匱本作「列」。　〔四〕文鈔補遺作「秦」，各本作「奏」。　〔五〕文鈔補遺作「廑」，各本作「蔡」。

絳雲樓題跋卷七

題輿地歌[一]

天官家有步天歌，相傳爲李淳風所作。三垣二十八宿，各[二]爲一歌。千載而下，觀象玩占，未有能出其範圍者。今婁江江[三]位初，博學好修，有志經世大業，作輿地歌以追配步天。南條北戒，山河經緯，盡在歌訣中。堵牆甕牖之夫，熟記闇誦，可以横覽八區、坐撫四海者也。吾嘗謂天官家言，至劉、石、苻秦[四]之世，則天街[五]南北、漢[六]畢胡[七]昴之占窮。輿地家言，至耶律、完顏[八]之世，則甸侯要荒、周索戎索[九]之制窮。天地翻覆，劫灰遷改。雖有重獻司天，豎亥步地，其若之何？寒燈竹几，朔風蕭然。使童子雒誦此歌，不禁喟然歎息。然維摩居士晏坐丈室，妙喜[一〇]世界以右手斷取，如陶家輪，則亦何慮於是哉！有學集卷四十八

【校記】

〔一〕本卷各詩，金匱本、文鈔補遺全收。遂本無題陳南浦山曉窗詩。鄒鎡序本只收十一篇。

〔二〕各本作「各」，遂本作「名」。　〔三〕文鈔補遺作「江」，各本作「之」。　〔四〕遂本、文鈔補遺作「劉石苻秦」，鄒鎡序本、金匱本前二字空缺，「苻」作「宋」。　〔五〕遂本、文鈔補遺作「天街」，鄒鎡序

本、金匱本空缺。〔六〕〔七〕遼本、文鈔補遺作「漢」「胡」，鄒鎡序本、金匱本空缺。〔八〕遼本、文鈔補遺作「耶律完顔」，鄒鎡序本、金匱本前二字空缺，後二字作「宋元」。〔九〕遼本、文鈔補遺作「周索戎索」，鄒鎡序本、金匱本空缺。〔一〇〕文鈔補遺作「喜」，各本作「音」。

香觀説書徐元歎詩後

余老嬾不耐看詩，尤不耐看今人詩。人間詩卷，聊一寓目，狂華亂眼，蒙蒙然隱几而卧。有隱者告曰：「吾語子以觀詩之法，用目觀，不若用鼻觀。」余驚問曰：「何謂也？」隱者曰：「夫詩也者，疏瀹神明，洮汰穢濁，天地間之香氣也。目以色爲食，鼻以香爲食。今子之觀詩以目，青黄赤白，烟雲塵霧之色，雜陳于吾前，目之用有時而窮，而其香與否，目固不得而嗅之也。吾廢目而用鼻，不以視而以嗅。詩之品第，略與香等。或上妙，或下中，或斫鋸而取，或煎笮而就，或熏染而得。以嗅映香，觸鼻即了。而聲色香味四者，鼻根中可以兼舉，此觀詩方便法也。」余異其言而謹識之。

春初游靈巖，於夫山和尚禪榻，得元歎新詩一帙。歸舟雒誦，撫几而歎。香嚴言燒沉水香，香氣寂然來入鼻中，非此觀也耶？元歎擺落塵坌，退居落木菴，客情既盡，妙氣來宅，如薛瑶英肌〔一〕肉皆香，其詩安得而不香。牛頭栴檀，生伊蘭叢中，仲秋成樹發香，則伊蘭臭惡之氣，斬然無有。取元歎之詩，雜置詩卷中，剔凡〔二〕辟惡，晉人所謂逆風家也。吾奉隱者之教，養鼻通觀，請自元歎始。

雖然，吾向者又聞呵香之說。昔比丘池邊經行，聞蓮花香，鼻受心著。池神呵曰：「汝何以捨林中禪淨，而偷我香？」俄有人入池取花，掘根挽莖，狼藉而去，池神弗呵也。有學詩者于此，駢花鏤葉，剟芳拾英，犯棗昏餞俗之忌。此掘根挽莖之流也，神之所棄而弗呵也。杼山論詩，科偷句爲鈍賊，是人〔三〕應以盜香結罪。下視世人，逐伊蘭之臭，胖脹衝四十由旬，諸天惡而掩鼻者，其又將若之何？雖犯尸羅戒，吾以爲當少假焉。少陵之詩曰：「燈影照無睡〔四〕，心清聞妙香。」韋左司曰：「燕寢凝清香。」之二公者，于香嚴之觀，其幾矣乎？雪北香南，清齋晏晦，願與元歎共之，用以證成隱者鼻觀之法，不亦可乎？

夫山和尚，妙于詩句，能以香作佛事。吾恐學人愛染著知見香，未免爲池神所訶也，作是言已，書於元歎詩後，并詒和尚觀之，以發一笑。庚子五月念五日，虞山蒙叟錢謙益書於紅豆閣之雨窗下〔五〕。有學集卷四十八

【校記】

〔一〕金匱本、文鈔補遺作「英肌」，邃本無「英」字，鄒鎡序本無「英」字，「肌」作「几」。〔二〕文

鈔補遺作「凡」，各本作「几」。〔三〕文鈔補遺作「人」，各本作「以」。〔四〕各本作「睡」，金匱本作「寐」。應從杜集。〔五〕文鈔補遺有「庚子」以下二十三字，各本無。

後香觀説書介立旦公詩卷

余用隱者之教，以鼻觀論詩，作香觀説序元歎詩卷。靈巖退老嘆曰：「此六根互用，心手自在法也。」金陵介立旦公，遣其徒攜所著詩，屬余評定。余自己丑讀江上詩，歎其孤高清切，不失蔬筍氣〔一〕味，庶幾道人本色。今十餘年矣。余昔者論詩以目觀，今以鼻觀。余之觀詩者，已非昔人矣。旦公之詩，所謂孤高清切，不失蔬筍風味者，有以異乎？無以異乎〔二〕？曰：「無以異也。」

古人以苾蒭〔三〕喻僧。苾蒭〔四〕香草也。蔬筍，亦香草之屬也。爲僧者，不具苾蒭〔五〕之德，不可以爲僧。僧之爲詩者，不諳蔬筍之味，不可以爲詩。旦公具苾蒭〔六〕之德，而諳蔬筍之味者也。其爲詩也，安得而不香。吾規規於〔七〕目觀，以色聲求旦公之詩，偏絃獨張，清唱寡和，誠不欲與繁音縟繡、争妍而赴節。若夫色天清迥〔八〕，花露滴瀝，猿梵〔九〕應呼，疎鐘殷牀。于斯時也，聞思不及，鼻觀先參。一韻偶成，半偈間作。香嚴之觀，所謂清齋晏晦，香氣寂然來入鼻中者，非旦公孰證之？非鼻觀孰參之？吾今取旦公詩，盡攝入香界中，用是以證成吾之香觀也，不亦可乎？

或曰：「子向者有呵香之說。旦公矜愛其詩若是，池神則何以待之？」曰：「子不聞青蓮華長者之鬻香乎？池神之護香也，長者之鬻香也，其回向之大小，區以別矣。長者了知一切如是一切香王〔一〇〕所出之處，了達諸治病香，乃至一切菩薩地位香，知此調和香法，以智慧香而自〔一一〕莊嚴，于諸世間，皆無染着，具足成就。長者所鬻之香，即人間羅刹界諸欲天之香，亦即池神所護呵之香，豈有銖兩差別哉！此世界熏習穢惡，伊蘭胖脹之臭，上達光音天。旦公現鬻香長者身，以蔬筍禪悅之香，作妙香句而爲說法。池神安得而呵之？若猶是餘塵瞥起，召〔一二〕呂命律，憎伊蘭而愛栴檀，則與夫入池取花，掘根挽莖者，一間而已矣。長者之別香也，斷惡生喜，今諸有爲，生樂著香，生厭離香。旦公，華嚴法界師也。吾請以鬻香長者之香，助旦公之香觀，即用旦公詩句，代旦公說法，不亦可乎？」作香觀後說以訊旦公，并再質之退老，以爲何如？有學集卷四十八

【校記】

〔一〕各本作「氣」，文鈔補遺作「風」。〔二〕文鈔補遺有「無以異乎」四字，各本無。〔三〕〔四〕〔五〕〔六〕文鈔補遺作「蒭」，各本作「芻」。〔七〕文鈔補遺作「於」，各本作「乎」。〔八〕文鈔補遺作「迴」，各本作「迴」。〔九〕各本作「猿梵」，金匱本作「梵猿」。〔一〇〕金匱本作「王」，邃本、

鄒鎡序本作「土」。文鈔補遺作「王」，旁注「土」字。〔一一〕文鈔補遺作「自」，各本作「白」。
〔一二〕金匱本、文鈔補遺作「召」，遼本、鄒鎡序本作「名」。

題桃溪詩稿

近來畫家，不復知屋木人物。里中漁山吴子，摹劉松年四皓圖，輒以贈予。蓋其朽約皴染，踰兩月而後就。予觀郭恕先畫屋木樓觀，多與王士元對手，往往假士元寫人物于其中。漁山有志于古，命意造景，以二李、恕先輩爲師，此所以夐絶於今人也。漁山不獨善畫，其于詩尤工。思清格老，命筆造微，蓋亦以其畫爲之，非欲以塗朱抹粉争妍于時世者。昔之論畫者，謂畫之爲屋〔一〕木，猶書之有篆籀。二者之法相近，故郭恕先俱爲第一。而荆浩〔二〕答僧畫水山圖詩〔三〕五言四十字，平生山水訣，盡在其中。士固未有不汲古、不攻文而可謂之善畫者也。漁山以二李、恕先爲師，執古人之六要六長，以研味於風雅，其俊而挾轂〔四〕古人也，孰得而禦之？吾老矣，庶猶得見公望、啓南于斯世也。有學集卷四十八

【校記】

〔一〕文鈔補遺作「屋」，各本作「竹」。〔二〕各本「浩」字下有「然」字，文鈔補遺無。
〔三〕文鈔補遺作「詩」，各本作「書」。〔四〕金匱本、文鈔補遺作「轂」，遼本、鄒鎡序本作「彀」。

題嚴武伯詩卷

武伯游吴江，過周安石齋中，大書一絶句于壁。余愛其詞氣樸直，有宋名人之風。去年冬，以詩句投余，凡數百篇。披華落實，明玕青瑶，落落于行墨之間，信武伯之昌于詩而殖於學也。

昔者淵明爲責子詩曰：「雖有五男兒，總不好紙筆。天運苟如此，且進杯中物。」此蓋達人智士，任運玩世，擺落嘲弄之辭耳。而杜子美訶之曰：「陶潛一老翁，聞道苦不早。有子賢與愚，何其挂懷抱？」子美之訶淵明則達矣，其于宗文、宗武，則曰：「驥子好男兒，前年學語時。」又曰：「汝啼吾手戰，吾笑汝身長。」其懷抱之縈挂與否，視淵明何如也？當武伯投詩日〔一〕，余方有哭孫之慼，老淚漬眼，爲之破涕一笑。客或從旁甚之。嗟夫！人當隕霜殺草，蘭摧蕙折，靡不悽然感歎。俄而之于五芝之田，八桂之林，芳菲極目，未有不徬徨忻賞者也。如客之云，洪覺範所謂癡人前不可説夢，豈不可爲一笑乎？

武伯，子張之才子也。子張有幽憂之疾，二童子扶掖就醫。余語武伯：「子勿憂。子于晨昏少間，舉其所著歌詩，高吟雒誦，如彈絲竹，如考琴瑟。子之尊人，憑几而聽之，殆將氣浸淫滿大宅，霍然體輕而病良已也。」書之以詒武伯，且以示世之人知淵明、少陵之古方，可

以起沈憂代藥物也，則自余之療子張始。有學集卷四十八

【校記】

〔一〕各本作「日」，鄒鎡序本作「曰」。

題費所中山中詠古詩

近世〔一〕學者，摛詞撥藻，春華滿眼，所中獨好談握奇八陣、兵農有用之學。山中詠古，上下千載，得二十四人，可以觀其志矣。余少壯亦好論兵，抵掌白山、黑水間。老歸空門，都如幻夢。然每笑洪覺範論禪，輒唱〔二〕言杜牧論兵，如珠走盤，知此老胸中，尚有事在。所中才志鬱盤，方當不介而馳，三周華不注，何怪其言之娓娓也。昔人有言：「治世讀中庸，亂世讀陰符。」又云：「治世讀陰符，亂世讀中庸。」此兩言者，東西易向，願所中爲筮而決之。丁酉九月〔三〕。有學集卷四十八

【校記】

〔一〕文鈔補遺作「世」，各本作「以」。〔二〕各本作「唱」，文鈔補遺旁注：刻作「嘆」。

〔三〕文鈔補遺有末四字，各本無。

再與嚴子論詩語〔一〕

武伯新詩益富，風檣陣馬，凌獵可畏。而其自敘，則謂掉鞅於詩，富有弋獲，皆自余言發之。嚴子以余爲識道之老馬，則已誤矣。今復摳衣再拜，挾筴〔二〕固請，余非洪鐘也，而撞擊之不休，不已窘乎？

頃者脚病伏枕，偶繙郭景純遊仙詩，其二章曰：「青溪千餘仞，中有一道士。雲生梁棟間，風出窗户裏。借問此何誰？云是鬼谷子。」吟諷數四，爗然心開，如登日次，如出雲外，累蘇積〔三〕塊，窅然若喪其所有。甚矣！古人之詩之不易讀也。余年八十，慬而能讀，而猶未能闚其所以。海底之珊瑚，没人能取之。玉河之玉，西天〔四〕之人能採之。黄帝之玄珠，雖離朱猶不能索而得也。不于此中截斷衆流，斬關奪命，攝古人之精魂〔五〕，而搜討其窟穴，雖其雕章斲〔六〕句，縟繡滿眼，終爲土龍象物而已矣。

今之論詩者，亦知評量格律，講求聲病，揞揞焉以爲能事。由古人觀之，所謂口耳之間兼寸耳。人以兩輪卷葉爲耳，亦知有大人之耳，張兩耳以爲市，人以時集會其上乎？人以一尺口齒爲面，亦知有無首之民，乳爲目，臍爲口，操干〔七〕戚而舞乎？今之論詩，循聲按〔八〕響，尺尺而寸寸者，兩輪之耳，一尺之面也。古人之詩，海涵地負，條風凱風，出納于寸管之中，大人之耳市，刑天之臍口也。今人窮老于詩，歐絲泣珠，沾沾焉以爲有得而自喜，知盡能索，終不出兩輪尺面之間，不已遼乎？得生於喜，喜生於愛，是爲愛魔，亦爲詩魔。此魔入人之〔九〕肺腑，能招引種種庸妄詩魔，以爲伴侣，魔日强而詩日下。唐人之授劍術者曰〔一〇〕：「凡刺人必先斷其所愛，然後決之。」此言雖誕，可以爲學道學詩之善喻。陸士衡曰：「苟傷廉而愆義，亦雖愛而必捐。」亦此志也。

吾子之學詩勤矣，入海而求寶珠，其肯雇〔一一〕長年、舞篙櫓，泝遊於尋常澮瀆之間乎？聞吾之言，撫心定氣，卹然而若失，人之望吾子也，自此遠矣！語曰：「知者不言，言者不知。」惟其不知，是以放言而不慚也。老學荒落，茫無端崖，偶〔一二〕有棖觸，嬋媛不休，聊書之以塞子之請，并以諗後之下問者。有學集卷四十八

【校記】

〔一〕文鈔補遺「再」字前有「記」字，各本無。〔二〕文鈔補遺作「筴」，各本作「篋」。〔三〕各本作「積」，文鈔補遺作「息」。〔四〕文鈔補遺作「西天」，各本作「天西」。〔五〕各本作「魂」，文鈔補遺作「魄」。〔六〕文鈔補遺作「斲」，各本作「斷」。〔七〕各本作「干」，文鈔補遺作「戈」。〔八〕金匱本有「按」字，文鈔補遺作「接」，邃本、鄒鎡序本無。〔九〕文鈔補遺有「之」字，各本無。〔一〇〕文鈔補遺作「者曰」，各本作「也」。〔一一〕文鈔補遺作「雇」，各本作「顧」。

〔一二〕各本「偶」字下有「而」字，文鈔補遺無。

題馮子永日草

馮子无咎，吾故人定遠之子也。余于〔一〕定遠爲父行，親見定遠羈角裹頭，以迨斑〔二〕白，而今復見其子之能詩。甚矣！韓子之有感于三世也。讀已，听然有喜，而正告之曰：「今稱詩之病有二，曰好奇，曰好豔。離岐〔三〕以爲奇，非奇也。丹華以爲豔，非豔也。十九首，五言之祖也，亦奇亦豔，驚心動魄。自是以降，左之詠史，阮之詠懷，陶之讀山海經〔四〕，奇莫奇于此矣。郭弘農之游仙，謝康樂之遊覽，江記室之擬古，豔莫豔于此矣。而人不知也，搜盧仝、劉叉以爲奇，獵玉臺、香奩以爲豔。問其所以爲奇爲豔者而懵如也。嗜奇之病，頃少爲士友發之。又嘗謂李義山之詩，其心肝腑臟，竅穴筋脈，一一皆綺〔五〕組縟繡，排纂而成。泣而成珠，吐而成碧，此義山之豔也。古之美人，肌肉皆香。三十三天以及香國，毛孔皆香。劉季和有香癖，熏身遍體。張坦斥之曰俗。今之學義山者，其不爲季和之熏身者尠矣，而況不能如季和者乎？馮子之爲詩不然，選詞按部，行安節和，温温抑抑，有君子之志焉。于斯世好奇好豔之病，超然未有所染也。孔子適齊郭門外，見童子挈壺俱行，其視精，其心正，其行端，語弟子曰：『趣驅之，趣驅之，韶樂作矣。』定遠告予：『里閈少年，偕其子稱詩者凡十餘輩，皆有文理。』今觀馮子之詩，所謂視精心正行端者，有其兆矣，余之所爲听然而喜者也〔六〕。」庚子中秋日，江村老人蒙叟錢謙益謹序〔七〕。有學集卷四十八

【校記】

〔一〕文鈔補遺作「于」，各本作「與」。〔二〕文鈔補遺作「斑」，各本作「班」。〔三〕各本作「岐」，文鈔補遺作「跂」。〔四〕文鈔補遺有「經」字，各本無。〔五〕各本作「綺」，文鈔補遺作「綦」。〔六〕文鈔補遺作「也」，各本作「矣」。〔七〕文鈔補遺有「庚子」以下十六字，各本無。

題陳南浦山曉窗詩〔一〕

勝國之季，詩莫盛於中吴，吾邑寥寥無聞。兵興以來，帝車南指，騷騷再盛，而虞山蒙氣如故。十餘年來，後生俊民，握鉛懷素，摩厲以趨詞壇者，項背相望。陳子南浦，其一人也。陳子家貧而學富，齒壯而才老。讀其詩，選義按部，考辭就班，戛戛然〔二〕有意於剔萎敗、洗洟涊，而不屑以裨販剽賊爲能事，其志之所存遠矣！假令世有鐵厓，則可以攝齊於袁華、郭翼之倫。世有青丘，則北郭諸子，亦將軒翥其後而倀倀焉。以余爲識道之老馬，過而問津焉。惜乎吾懼其窮也！然〔三〕諸子方掉鞅狗壘，而陳子爲之職志。余雖老耄，巢車以望戰塵，曳足以觀鼓譟，亦〔四〕庶可〔五〕少作其朝氣耶？聊〔六〕書此而馮軾以俟之。庚子涂月，江村老叟錢謙

益題〔七〕。有學集卷四十八

【校記】

〔一〕此文金匱本、文鈔補遺有，遂本、鄒鎡序本無。亦收于牧齋外集中。外集與文鈔補遺題俱爲題山曉窗詩稿。〔二〕金匱本「然」字下有「惟」字，文鈔補遺、外集無。〔三〕文鈔補遺、外集有「然」字，金匱本無。〔四〕文鈔補遺、外集有「亦」字，金匱本無。〔五〕文鈔補遺、外集作「可」，金匱本作「幾」。〔六〕文鈔補遺、外集作「聊」，金匱本作「謹」。〔七〕文鈔補遺、外集有「庚子」以下十二字，金匱本無。

題顧伊人詩〔一〕

杜子美詩云：「陶潛一老翁，聞道苦不早。有子賢與愚，何其掛懷抱？」及其晚年居蜀，喜宗文、宗武誦詩入學，歡喜吟賞，累見于詩。有子賢愚，何嘗不掛懷抱也。東坡云：「軾困窮〔二〕本緣文字，在海外見過〔三〕文字一篇，輒數日喜。」今觀織簾父子唱和之詩，去之十餘年，旁觀者猶爲色動〔四〕，而況其父子之間乎？聊書其後，以見古人之意，亦庸以勵兒曹也。甲辰仲春朔，東澗老人謙益書〔五〕。有學集卷四十八

【校記】

〔一〕邃本、鄒鎡序本題作題顧伊人詩，金匱本題作題織簾居唱和册，文鈔補遺、牧齋外集題同金匱本，「題」字作「書」，但文鈔補遺目録則作題顧伊人近詩，有注云：「即織簾居唱和册。」卷内題目眉端有校語云：「即顧伊人。」〔二〕文鈔補遺作「困窮」，各本作「窮困」。〔三〕邃本、文鈔補遺、别集作「過」，鄒鎡序本、金匱本作「邁」。〔四〕文鈔補遺作「猶爲之色動」，各本作「尤爲動色」。牧齋外集作「猶動色」。〔五〕文鈔補遺有「甲辰」以下十二字，各本無。

題塞上吟卷

歲云暮矣，白衣補衲，坐竹窗木榻上，挑燈讀塞上吟卷，雲旗雷車，獵獵然從空而下。如嫖姚將軍率輕勇騎，棄大軍，趨利轉戰，過焉支山，合短兵，殺折蘭，虜胡王，收休屠祭天金人。又如光武戰〔一〕昆陽城西，震呼動天地，屋瓦皆飛，虎豹股戰。士卒赴溺，滍水不流〔二〕。快矣哉！已而更闌〔三〕吟罷，佛火青熒，刁斗無聲，木魚徐響。然後知此詩中邊聲猛氣，適足助老夫禪觀也。作者婁江王紫涯氏，其人有封侯相〔四〕，挽十石弓，執丈二殳，他時擁十萬衆，建踰沙横海之業〔五〕，磨盾〔六〕鼻草檄，筆墨横飛，臨陣作壯士歌，功成和競病詩。老夫坐長明燈下，只用爾時一味水觀消受耳。辛丑嘉平月〔七〕。有學集卷四十八

【校記】

〔一〕文鈔補遺有「合短兵」至「光武戰」二十一字，各本只有「又如」二字。〔二〕文鈔補遺有「士卒」以下八字，各本無。〔三〕金匱本、文鈔補遺作「闌」，邃本、鄒鎡序本作「閑」。〔四〕文鈔補遺有「有封侯相」四字，各本無。〔五〕文鈔補遺有「他時」至「之業」十三字，各本無。〔六〕金匱本作「盾鼻」，邃本、鄒鎡序本作「鼻盾」，文鈔補遺作「墨盾」。〔七〕金匱本有末五字，各本無。

題觀梅紀遊詩〔一〕

經年卧病，仰看屋梁，慼慼都無好懷。武伯示我梅遊詩一帙，觀其典衣命櫂，却筍輿、穿犢鼻，與酒徒衲子，跳踉梅花村中，昔人言尋花乞命，庶幾近之。朗然一過，如移卧榻入衆香國，補衲絮被，皆染香氣，豈不快哉！尤憶崇禎初元，偕邵子僧彌，觀梅西山。于時明離初旦，雺霧乍滌。山中草木，欣欣向榮。游人擔夫，皆有彈冠振衣之色。今何時哉！冰堅地凍，萬木皆僵。前村一枝，束爲薪楚。獨西山老梅，居然無恙。殆真有無量主林神，擢榦舒光，而爲護持者耶？老人惝怳自失，如誕如夢，如趙師雄醉醒羅浮酒肆，翠羽啾嘈，月落參橫，但惆悵而已。覽斯卷者，有感余言，亦〔二〕或爲之輟簡而慨然也。癸卯臈月〔三〕。有學集卷四十八

【校記】

〔一〕各本題如此。文鈔補遺題作題嚴武伯梅遊詩。〔二〕文鈔補遺有「亦」字，各本無。〔三〕文鈔補遺有末四字，各本無。

題介立詩〔一〕

昔人云：「僧詩忌蔬筍氣。」余〔二〕謂惟不脱蔬筍氣，乃爲本色。惟清惟寒，亦玄亦澹，如佛言食蜜，中邊皆甜。此真〔三〕蔬筍氣，天然禪悦之味也。且公詩託寄孤高，屬意清切，庶幾道人本色，不失蔬筍氣〔四〕味。余讀而深歎之。唐僧之詩，各有原本。贊寧稱杼山之詩，謂文人結習深重，故以詩句率勸，令入佛智。此晝詩之本領也。且公從文字因緣，深入佛智。作詩如華嚴樓閣，彈指皆啓。豈以一章半偈爲能事乎？他日以今之旦，配古之晝，何爲不可？峨眉老衲徹修題〔五〕。有學集卷四十八

【校記】

〔一〕此文邃本、金匱本有，亦收于文鈔補遺中。鄒鎡序本無。〔二〕邃本、金匱本作「余」，文鈔補遺作「今」。〔三〕邃本、文鈔補遺作「真」，金匱本作「其」。〔四〕邃本作「氣」，金匱本、文鈔補遺作「風」。〔五〕金匱本、文鈔補遺有末七字，邃本無。

題鶴如禪師詩卷〔一〕

洞聞長老爲紫柏、憨山上首弟子，坐破山道場，説自在法，頻申婆和而逝。鶴如禪師惪公，爲其再世嫡孫，親承巾缾，妙得心印。顧不肯坐曲盝牀，開堂竪拂。和光匿影〔二〕，虚己酬物。以撑柱〔三〕叢林，稟持清規爲能事。天寒歲儉，齋廚蕭然。法筵清衆，鐘魚不改。莊嚴像設，殿無凝塵。灑掃堦除，院無宿草。禪誦之暇，焚香滌硯，賈其餘閒，作爲歌詩，與詞人詩僧，擊鉢刻燭，往復酬和，其言藹如也。

詩成，持一卷求正于余。而余謂之曰：「子知夫鶴乎？是仙家之麒〔四〕驥、羽族之介鳥也，以喻于子，如子之孤迥潔白、抖擻而離俗也。其鳴于九臯，聲聞于天也，以喻于〔五〕子之詩，如其清吟静嘯、警〔六〕露而唳空也。其鳴于在陰，而其子和也，以喻于子之友聲，其琴心三疊、一唱而三歎也。吾向者以鶴字〔七〕子，今其有〔八〕徵矣乎？我聞彌陀佛國，有種種奇妙雜色之鳥〔九〕，晝夜六時，出和雅音，常説五根五力七分八道之法〔一〇〕，而白鶴居其首。今子學世間詩，説〔一一〕出世間法。假宫商俳偶〔一二〕之調；演根力微妙之音。鶴以音聲説法，子以詩句説法，又安知子之非鶴而鶴之非子乎？」鶴如踴躍歡喜，合十而言曰：「驅烏之歲，夫子以鶴如字我。今乃知夫子之記〔一三〕我也。此山中林木池沼，宛然西方。公若肯來，用迦陵仙

音説法，某得如五百鶴衆，聞一偈而飛鳴〔一四〕解脱，則大幸矣。請書之以爲券。」有學集卷四十八

【校記】

〔一〕此文遼本、金匱本有，亦收于文鈔補遺中。鄒鎡序本無。〔二〕遼本、鄒鎡序本作「影」，文鈔補遺作「跡」。〔三〕金匱本、文鈔補遺作「柱」，遼本作「拄」。〔四〕遼本、文鈔補遺作「麒」，金匱本作「騏」。〔五〕遼本、金匱本有「于」字，文鈔補遺無。〔六〕金匱本、文鈔補遺作「警」，遼本作「鶩」。〔七〕遼本、文鈔補遺作「字」，金匱本作「示」。〔八〕金匱本、文鈔補遺作「其有」，遼本作「有其」。〔九〕文鈔補遺作「有種種奇妙雜色之鳥」，遼本、金匱本作「有諸衆鳥」。〔一〇〕文鈔補遺作「出和雅音常説五根五力七分八道之法」，遼本、金匱本作「宣説妙法」。〔一一〕金匱本「説」字下有「世」字，遼本、文鈔補遺無。〔一二〕文鈔補遺有「俳偶」二字，遼本、金匱本無。〔一三〕金匱本、文鈔補遺作「記」，遼本作「説」。〔一四〕文鈔補遺有「飛鳴」二字，遼本、金匱本無。

又題像讚〔一〕

蒲團趺坐，雪頂霜髭。具四威儀，居然大師。昔我遘爾，年方驅烏。字以鶴如，皎潔僧雛。我觀是身，刹那不住。童耄觀河，無有是處。身外之身，山光潭影。笑彼癡猿，見月在井。有學集卷四十八

【校記】

〔一〕此文鄒鎡序本無。邃本、文鈔補遺題作又題像贊。金匱本題作題鶴如禪師像贊。

題山曉上座嘯堂詩〔一〕

今之緇流，多喜爲詩。或排列華要，如千佛名經。或摭拾偈頌，如戲場科諢。每一觸目，輒爲赤眚〔二〕滿眼。頃見天童曉上座詩，體清心遠，恬虛樂古，居然衲衣本色也。余愛韓退之詩「清曉卷書坐，南山見高稜」。此二語殆爲山曉寫照，其詩亦彷彿似〔三〕之。杼山不云乎：「隳名之人，萬慮俱〔四〕盡，强留詩道，以樂性情。」蓋由瞥起餘塵未泯，豈有健羨于其間哉！上座能了此義，月下風前，么絃孤韻，色天清迥，花漏〔五〕滴瀝，詩當益工，禪心當益妙。以此爲今之緇流，藥其塵垢而療其狂易，用詩句爲牽勸，故知不後于古德也。上座此行，將木陳和尚命，請余作天童塔銘。余不敏〔六〕，不能如無盡居士爲石門點出金剛眼睛，却與點綴詩卷，作泥人揩背因緣。持歸示木老，定當爲破顔一笑〔七〕。有學集卷四十八

【校記】

〔一〕此文邃本、金匱本有，亦收于文鈔補遺中。鄒鎡序本無。　〔二〕邃本、金匱本作「眚」，文鈔補遺作「青」。　〔三〕邃本、文鈔補遺作「似」，金匱本作「示」。　〔四〕邃本作「俱」，金匱本、文鈔

補遺作「都」。〔五〕金匱本、文鈔補遺作「漏」，邃本作「滿」。〔六〕邃本有「敏」字，金匱本、文鈔補遺無。〔七〕金匱本、文鈔補遺有「一笑」二字，邃本無。

題浄土詠懷詩〔一〕

楚石琦公作西齋浄土詩，備陳樂邦之妙，使人如聞迦陵頻伽和雅仙音，心神熙怡，便欲從之西逝。巨方上人飽參經論，專修念佛三昧，作浄土詠懷詩，名曰蓮券，殆亦聞楚石之風而興起耶？然吾聞楚石示疾時〔二〕作木馬夜鳴，西方日出之偈。夢堂呵曰：「西方有佛，東方無佛耶？」乃厲聲一喝，泊然而逝。二公熟知樂邦道路，互〔三〕執契券，可謂交手而相付者也。若但憑西齋浄土一編，指爲蓮券〔四〕，正恐霍光將假銀城典與單于，未有人作保在。巨方以爲何如？辛丑仲春〔五〕。有學集卷四十八

【校記】

〔一〕此文邃本、金匱本有，亦收于文鈔補遺中。鄒鎡序本無。〔二〕金匱本、文鈔補遺有「時」字，邃本無。〔三〕金匱本、文鈔補遺作「互」，邃文作「如」。〔四〕文鈔補遺有「可謂」至「蓮券」二十二字，邃本、金匱本無。〔五〕文鈔補遺有末四字，邃本、金匱本無。

南來堂拾稿題詞〔一〕

余嘗謂古今禪講諸師，文集行世者絶少。以賢首一家徵之，帝心惟法界觀門一書而已。賢首惟教義還源觀金師子章而已。清涼、圭峯，著述弘多，皆無文集行世。古人之指意，以爲後五百年〔二〕，弘宗扶教，其綱要在于〔三〕闡揚法界，廓清教海，而駢枝儷葉之文，固不足爲有無也。末法陵夷〔四〕，雪浪崛起東南，人謂窺基再來。雪浪工于講演，解黏釋縛，言語妙天下，顧不肯著書。雪浪之後，再傳爲巢、雨、蒼、汰，法席最盛。而四公者，皆後先順世矣。蒼老之孫行敏，掇拾其遺文，頂禮悲泣，乞余一言，以流通于世。

余謂蒼老之于法門，深心誓願，泐金石而渡河沙者，在與汰師互演大鈔，然雜華法門〔五〕千年垂絶之燈。此蓋清涼現龍之分身，蜿蜒〔六〕青冥，百千數變之一耳。其應世酬物，取次點染之文，如龍之片甲，如鴻〔七〕之一爪〔八〕，固不足以爲有無，而人亦不必比量其工拙也。行敏思表著乃祖緒言，如此其〔九〕篤摯，而落木居士又爲評定其什一，則順其意而流通，亦無不可者。佛言如拆〔一〇〕金杖，金體不殊。如蒼老之文，固不可以爲是金杖之全也〔一一〕，抑豈可以爲是拆〔一二〕金之杖而非金也耶？亦在乎善取之而已矣。戊戌季秋日，虞山蒙叟錢謙益書〔一三〕。有學集卷四十八

【校記】

〔一〕此文遂本、金匱本有，亦收于文鈔補遺中。鄒鎡序本無。〔二〕文鈔補遺作「年」，遂本、金匱本作「歲」。〔三〕遂本、金匱本作「于」，文鈔補遺作「乎」。〔四〕遂本作「彝」，金匱本作「遲」。文鈔補遺「遲」字旁注：作「夷」。〔五〕遂本、金匱本有「法門」二字，文鈔補遺無。〔六〕金匱本、文鈔補遺作「蜿蜒」，遂本作「琬琰」。〔七〕文鈔補遺作「鴻」，金匱本作「麟」，遂本作「鱗」。〔八〕文鈔補遺作「爪」，遂本、金匱本作「鬣」。〔九〕遂本、金匱本有「其」字，文鈔補遺無。〔一〇〕〔一二〕遂本、金匱本作「拆」，文鈔補遺作「柝」。〔一一〕金匱本、文鈔補遺有「也」字，遂本無。〔一三〕文鈔補遺有「戊戌」以下十三字，遂本、金匱本無。

絳雲樓題跋卷八

題邵得魯迷塗集〔一〕

邵得魯以不早剃〔二〕髮，械繫僇辱，瀕死而不悔。其詩清和婉麗，怨而不怒，可以觀、可以興矣。得魯家世皈依雲棲，精研内典。今且以佛法相商，優波離爲佛剃〔三〕髮作五百童子剃〔四〕頭師，從佛出家，得阿羅漢果。孫陀羅難陀不肯剃〔五〕髮，握拳語剃〔六〕者：「汝何敢持刀，臨閻浮王頂？」阿難抱持，强爲剃〔七〕髮，亦得阿羅漢果。得魯即不剃髮，未便如〔八〕難陀取次作轉輪聖王。何〔九〕以護惜數莖髮，如此鄭重？彼狺狺剃髮，刀鋸相加，安知非多生善知識，順則爲優波離之于五百釋子，逆則如阿難之于難陀。而咨歎慨歎，迄于今，似未能釋然者耶？我輩多生流浪，如演若達多晨朝引鏡，失頭狂走。頭之不知，髮于何有？畢竟此數莖髮，剃與未剃，此二相俱不可得。當知演若昔日〔一〇〕失頭，頭未曾失。得魯今日剃髮，髮未曾剃。晨朝引鏡時，試思吾言，當爲啞然一笑也。（有學集卷四十九）

【校記】

〔一〕本卷各篇除書杜蒼略史編一篇，只收于遼本、文鈔補遺外，其它各篇，遼本、鄒鎡序本、金匱本俱有，亦收于文鈔補遺中。〔二〕〔三〕〔四〕〔五〕〔六〕〔七〕文鈔補遺作「剃」，各本作「薙」。〔八〕各本「如」字下有「阿」字，文鈔補遺無。〔九〕各本作「何」，文鈔補遺作「可」。〔一〇〕金匱本、文鈔補遺作「日」，遼本、鄒鎡序本作「者」。

讀宋玉叔文集題辭

豫章王于一，文士之不苟譽人者也，來告我曰：「玉叔不獨詩擅場也，其文章卓然名家。惟夫子有以表之，俾後學有職志焉。」余聞之，喟然歎息。余之從事于斯文，少自省改者有四。弱冠時，熟爛空同、弇州諸集，至能闇數行墨。先君子命曰：「此毘陵唐應德所云，三歲孩作老人形耳。」長而讀歸熙甫之文，謂有一二〔一〕妄庸人爲之巨子，而練川二三長者，流傳熙甫之緒言。先君子之言益信。一也。少奉弇州藝苑卮言，如金科玉條。及觀其晚年論定，悔其多誤後人，思隨事改正。而其贊熙甫則曰：「千載有公，繼韓歐陽。余豈異趨，久而自傷。」蓋弇州之追悔俗學深矣。二也。午、未間，客從臨川來，湯若士寄聲相勉曰：「本朝文，自空同已降，皆文之輿臺也。古文自有真，且從宋金華著眼。」自是而指歸大定。三也。毘陵初學史、漢爲文，遇晉江王道思，痛言文章利病，始幡然改轍。閩人洪朝選撰晉江行狀，區別其源流甚晰。而弘、正之後，好奇者旁歸于羅景明。吳人蔡羽與王濟之書，極論其側出非古。由是而益知古學之流傳，確有自來。四也。余之于此道，不敢自認爲良醫，而審方診病，亦〔二〕可謂之三折肱矣。要而言之，昔學之病病于狂，今學之病病于瞽。獻吉之戒不讀唐後書也，仲默之謂文法亡于韓愈也，于鱗之謂唐無五言古詩也，滅裂經術，偭背古學，而橫騖其才力，以爲前無古人。此如病狂之人，强陽僨驕，心易而狂走耳。今之人，傳染其病，而不知病症之所從來，如羣瞽之拍肩而行于塗，街衢溝瀆，惟人指引。不然則捫籥以爲日也。執箕以爲象也，并與其狂病而無之，則謂之瞽人而已矣。

玉叔之文，骨力秀拔，意匠深遠，標章〔三〕命意，迢然以古人爲師。蓋其道心文府，本之天授，俗學之熏染，無自而滓其筆端也。吾是以讀之而喜。雖然，羣瞽冥行，無目諍日，慮玉叔出而空其羣也，必將羣噪吾言。吾是以滋懼。其説在吾之雹論也，亦蘄乎玉叔之自信而已矣。樊宗師之爲文，艱澀不可句讀，而韓子銘之曰：「惟古于文必己出，降而不能乃剽賊。」尹師魯縱横論難，極談兵事利害，而歐陽子稱其文簡而有體。歸熙甫嘗語其門人：「韓子言惟陳言之務去，何以謂之陳言？」門人雜然以對。熙甫曰：「皆非也，惟不切者爲陳言耳。」玉叔以古人爲師，究極文章之體要，雖世所稱高文鉅筆，猶〔四〕將持擇洮汰，以爲剽賊、爲陳言。況夫目〔五〕論耳〔六〕食、嚼飯以〔七〕餧人者，奚足置齒頰間乎？玉叔攜其文過余，摳衣避席，引古人後世誰定吾文之語。誘之使言，余故敢自認爲識道之老馬，略舉生平所知者以告之，亦于一所更端請益，而未能更僕者也。玉叔年力壯盛，通懷虛己，富有日新，殆不知其所至。幸深以吾言自信，余雖耄老，尚能憑軾以俟之。有學集卷四十九

【校記】

〔一〕邃本、鄒鎡序本、金匱本作「一二」，文鈔補遺作「二三」。〔二〕文鈔補遺有「亦」字，各本無。〔三〕金匱本、文鈔補遺作「章」，邃本、鄒鎡序本作「草」。〔四〕文鈔補遺作「猶」，各本作「尤」。〔五〕各本作「目」，文鈔補遺作「耳」。〔六〕各本作「耳」，文鈔補遺作「目」。〔七〕文鈔補遺有「以」字，各本無。

顧與治遺稿題辭

予初識與治，見其威儀庠序，筆墨妍雅，喜王國之多士，而華玉、英玉之有後也。莆田宋比玉客死吴門，歸葬于閩。家貧無子，詩草散佚。與治裹糧走三千里，漬酒墓門，收拾遺草，請予勒石表其墓。金陵亂後，與治與剩和尚，生死周旋，白刃交頸，人鬼呼吸，無變色，無悔詞。予以此心重與治，片言定交，輕死重氣，雖古俠烈士，無以過也。晚年屢遭坎陷，困于蒺

藜，卒無子窮老以死。施愚山學憲，經紀其喪，又屬其友方爾止、沈子遷網羅放失舊稿，手自排纂爲集，刻而傳之。嗟乎！與治以老書生蓋棺，瓦燈敗幃，委緌無後。愚山惠顧風雅，嘘枯而然死，若此其汲汲也。愚山之于與治，猶〔一〕與治之于比玉，尹、班之永夕，范、張之下泉，氣類相感，可以徵天道焉。風塵澒洞，士生其時，蒙頭過身而已。渺然〔二〕孤生，黨軍持而抗服匿，讀與治詩，九原猶〔三〕有生氣。存與治之詩，所以存與治也。知愚山存與治之義，士之自立而悲〔四〕于無徒，與夫慕義而懼于湮没者，可以慨然而興起矣。辛丑六月晦日，書于錦城之寓軒〔五〕。有學集卷四十九

【校記】

〔一〕金匱本、文鈔補遺作「猶」，邃本、鄒鎡序本作「尤」。〔二〕文鈔補遺有「渺然」二字，各本無。〔三〕文鈔補遺作「猶」，各本作「尤」。〔四〕各本作「悲」，文鈔補遺旁注「患」字。〔五〕文鈔補遺有「辛丑」以下十三字，注：「錦」，一作「錢」。各本無。

書趙太史魯游稿後

崇禎戊寅九月，余蒙恩湔祓南歸，恭詣闕里，謁先聖林廟，賦詩一百韻，叙次其梗槩。越二十有一年，歲在〔一〕己亥，錫山趙月潭太史，渡淮、泗，抵東兖，肅謁林廟，禮成而言歸，作記

一篇，賦詩數十章，自謂如太史公適魯，登聖人之堂，見俎豆禮器，喟然而歎，心嚮往之，低徊留之不能去。涉末流，處亂世，居今睎古，慨然慕西京元封之盛事，今太史，猶〔二〕古太史也。余讀而心重之。

當余謁闕里時，天步未夷〔三〕，四郊多壘。篋中攜茶陵李文正公東祀録，想見弘、正間盛世元臣，銜命祇事，肅雝至止之彝典。俛仰江河，唏嘘既慕〔四〕，所著詩蓋三致意焉。今讀太史魯遊録，天地改易，衣冠參錯。墓門之荊棘未闢，城上之弦誦猶〔五〕在，以石渠載筆之遺臣，偕一二周餘夏肄，拱立端拜于榛蕪灌莽之餘，視余展謁時，已邈然如上古七十二君封云禪亭之時世。循覽徹簡，相向飲泣，不知清淚之漬紙也。太史肅拜壇壝，瞻仰圖像。追思先皇帝視學釋奠，周行兩廡，親諭儒臣，當尊崇有宋周、邵、二〔六〕程、朱、張六子，章表正學，聖謨洋洋，謦咳在耳。而孔氏後人，不能復問諸掌故，爲之需襟掩袂。已而訪問闕里諸誌録，殘缺失次，以謂當及時修葺，彰明先聖典録，以立千萬世瞻儀之楷則。此則余之所夙昔寤歎，夢寐不忘者也。

居嘗謂今世憲章二祖〔七〕，三教鼎立。釋氏琅函珠林，現〔八〕有三藏。道流若漢天師世家譜牒，歷然可觀。獨吾先聖一門，紀載闕如。昔人撰録，若祖庭廣記、東〔九〕家雜記、孔子世家譜諸書，今之儒者，有曾考覽者乎？闕里譜系，宋元豐孔子四十六代孫知洪州軍宗翰所編也。孔氏〔一〇〕續録，元延祐五十一代孫元祚所編也。孔聖圖譜三卷，一圖譜，二年譜，三編年，元大德五十三代孫津所刻也。此皆孔氏遺書藏弆奎閣者，今之後人，有能舉其名籍者乎？本朝金華宋文憲公著孔子生卒考一篇，辨正彼此疑互。吾夫子降精夢奠，端門受書之時日，儒者已付之威音往劫，不能委知，而況其他乎！

從祀之典，昉于漢文翁石室圖像。唐處州刺史李繁新作孔子廟，命工改爲顔回至子夏十人像，其餘六十二子，及後大儒公羊高、左丘明、孟軻、荀況、伏、毛、韓、董、高堂、揚雄、鄭玄等數十人，皆圖之壁，韓文公詳記其事。歷代崇重祀典，黜陟進退，凛于秋霜。而余猶〔一一〕有不能無議者。有元之許衡以仕元議輟，宜也。若江漢之趙復，資中之黄澤，臨川之吴澄，有功聖門，無玷〔一二〕仕籍者，不當補祀乎？朱子之學，一傳爲何基、王柏，再傳爲金履祥、許謙，又傳爲本朝宋文憲濂、王忠文禕，文憲又傳爲方正學孝孺。文憲、忠文以文學佐高皇帝，黼黻開天鴻業，開三百年斯文之脈，此可以無祀乎？方正學爲朱子之世適宗子，九死殉國，開三百年節義之脈，此可以無祀乎？以儒林言之，新安之趙汸、汪克寬，一則承資中之絶學，一則闡紫陽之遺文，其有功聖門一也。以道學言之，三原王端毅恕，其學力豈下于薛文清，石渠意見，發揮經學，河汾讀書録之季孟也。是三君子者，其可以無祀乎？太史希〔一三〕，聖考文，遜稽遐覽，志則韙矣。日猶〔一四〕在天，文未墜地。明君聖王，必將有祀太牢、坐講堂，如炎漢之高、光者。執此以往，後死者之得與斯文也，其在斯乎！其在斯乎！杜牧有言：「自古稱夫子之德，莫如孟子。稱夫子之尊，莫如韓吏部。」余深望于太史，故謹書其後以〔一五〕竢焉。是歲易月二十九日〔一六〕。有學集卷四十九

【校記】

〔一〕文鈔補遺有「歲在」二字，各本無。〔二〕〔五〕〔一一〕〔一四〕文鈔補遺作「猶」，各本作「尤」。〔三〕金匱本、文鈔補遺作「吏」，邃本、鄒鎡序本作「彝」。〔四〕各本作「慕」，文鈔補遺作「歎」。〔六〕文鈔補遺有「二」字，各本無。〔七〕各本作「二祖」，文鈔補遺作「三俎」。〔八〕文鈔補遺作「現」，各本作「憲」。〔九〕文鈔補遺作「東」，各本作「宋」。〔一〇〕文鈔補遺作「氏」，各本作「子」。〔一二〕各本作「玷」，文鈔補遺並列「玷」「點」二字。〔一三〕文鈔補遺作「希」，邃本作「睎」，鄒鎡序本、金匱本作「晞」。〔一五〕文鈔補遺「以」字下有「有」字，各本無。〔一六〕文鈔補遺有「是歲」以下八字，各本無。

題杜蒼略自評詩文

不見蒼略，于今五年。遇阨而氣益昌，家貧而學益富，才老心易，趾高視下。宜其所著撰宏肆奡兀，富有日新，一至于此也。蒼略不以余爲老耄〔一〕，過而問道于瞽，請爲疏瀹其脈

理，而抉摘其指要，則余固不能也。豈惟余哉！雖古之人亦有所不能也〔二〕。夫詩文之道，萌折于靈心，蟄啓于世運，而茁長于學問。三者相值，如燈之有炷有油有火，而燄發焉。今將欲剔其炷，撥其油，吹其火，而推尋其何者爲光，豈理也哉！方其標舉興會，經營將迎。新吾故吾，剥換于行間。心神識神，湧現于句裏。如蛻斯易，如蛾斯術。心了矣，而口或茫然。手了矣，而心猶〔三〕介爾。于此之時，而欲鏤塵畫影，尋行而數墨，非愚則誣也。柳子之讀毛穎傳也，曰：「譬如追龍蛇、搏虎豹，欲與之角而力有不暇。」蒼略之詩文，赴壑之龍蛇也，當道之虎豹也。顧欲爲之詆訶利病，捃摭失得，蹈龍蛇之頭，而履虎豹之尾，此則柳子之所不暇，而余能暇之乎？少陵之詩曰：「文章千古事，得失寸心知。」蒼略之于詩文，既已自爲評定，則所謂千古寸心者，蒼略蓋自知之矣。若其靈心濬發，神者告之，忽然而睡，涣然而興，蒼略固不能自知也，而余顧能知之也耶？丙申春正，書于秦淮丁家水閣〔四〕。有學集卷四十九

【校記】

〔一〕文鈔補遺作「毫」，各本作「髦」。〔二〕文鈔補遺有「也」字，各本無。〔三〕文鈔補遺作「猶」，各本作「尤」。〔四〕文鈔補遺有「丙申」以下十二字，各本無。

書杜蒼略史論〔一〕

有一代之史，馬、班之書是也。有萬世之史，孔子之春秋是也。太史公當天漢之時，序孝武窮兵黷武，虛耗海内。書法不隱，可謂良史。班氏則謂戾太子之禍，由于武帝之好殺。推引助順佑信之訓，以著明報應之理，尤可以垂戒將來。然吾謂孔子作漢春秋，必深予孝武，必不以馬、班之史爲案斷。何以知之？以其仁管仲之功，一匡天下，民到于今受其賜而知之也。孝武之功，何以偉〔二〕于管仲？以史之所載，幕南無王庭及渭橋受朝之事而知之也。漢之後爲典午，典午之後爲石晉，爲天水，由是而思孝武之功，豈直一匡天下。孔子仁管仲，安得不仁孝武？故曰：馬、班一代之史，孔子之春秋，萬世之史也。孔子具萬世之眼，馬、班具一代之眼。即此一事論之，孔子云「百世可知」，豈虛語哉！杜子作史論，論太史公之書，標新竪義，皆前人所未發。余讀之一過，如臨朝〔三〕鏡，觀秋水，慨然有窮塵歷劫之想。偶有感于漢事，書之以廣杜子之意，亦因以自廣焉。辛卯季秋，書于長干之石門檻〔四〕。有學集卷四十九

【校記】

〔一〕此文邃本、文鈔補遺、南潯劉氏藏精校本有，鄒鎡序本、金匱本無。〔二〕邃本作「偉」，

文鈔補遺作「侔」，劉藏校本作「牟」。〔三〕各本作「朝」，劉藏校本作「明」。〔四〕劉藏校本、文鈔補遺有「辛卯」以下十二字，邃本無。

題武林兩關碑記〔一〕

神廟庚戌之後，余居憂禮懺雲棲。族子用章水部司榷南關，舟船上下〔二〕，頌聲殷殷然。用章廉平不苛，通商惠工。性喜檀施，澤及緇白。雲棲大師亦合掌讚歎，謂修普賢行門者也。越四十有四〔三〕載，用章之孫福先，復起甲第，司榷北關。計口食俸，洗手奉公。蠲除瑣科，爬搔敝蠹。徵輸鱗次，行旅烏集。帆檣廛舍，輿誦周浹。及瓜之日，薦紳懷鉛素，童耄卧轅轍，相與咨嗟涕洟〔四〕，伐石誦美。訪求用章遺愛之碑樹北關者，磨洗摩搨，合爲一帙。自昔甘棠之封殖，輿思剪伐；峴首之沉碑，致歎谷陵〔五〕。未有豐碑齊豎〔六〕，綽楔交矗，祖武孫謀，項背相望如今日者。班固有言：「士服舊德之名氏，工用高曾之規矩。」蓋百年以〔七〕來，龐豐熙洽，羔羊素絲之風操，兆〔八〕于一門，非獨閥閱之美談，箕裘之盛事也。

昔我先王，有國吳越。當五代濁亂之季，生全十四州之蒼赤，仰父俯子，昌大繁庶。今用章祖孫，司榷臨安，實惟我先王故土遺民，是用保乂。還鄉之歌曰：「斗牛無孛人無欺。」將無枌榆故國，先王之精神肸蠁，式憑在茲，有徵福假靈焉者乎？用章之尊人侍御公，建五王祠廟，尊祖合族，大書表忠碑文，刻于毬門之上。漆書煌煌，昭垂金石。作忠教孝，其用意良遠。今日之舉，先河後海，咸歸美于侍御，猗歟休哉！

昔者表忠〔九〕觀成，蘇文忠公有詩送守祠之孫曰：「墮淚行看會〔一〇〕祠下，姓名終擬附〔一一〕碑陰。」我先王之遺愛餘休〔一二〕，兹久勿替如此。今日者，南北兩關，考貞珉而鐫樂石。金銀之管，琰琬之録，炳烺于滄桑變易、劫火洞然之後。德澤之在人心，與天壤俱敝，可知已矣。詩不云乎：「無念爾祖，聿修厥德。」鄒長倩之勉公孫次卿，以謂鍼紀縷縫，積而有成，此修之之道也，德福之基也。基厚矣，墉則在子，福先念之哉！余，宗老也。不可以不志，于是乎書。有學集卷四十九

【校記】

〔一〕各本作「記」，文鈔補遺作「刻」。〔二〕各本作「上下」，文鈔補遺作「下上」。〔三〕各本作「有四」，遂本作「餘」。〔四〕文鈔補遺作「洟」，各本作「淚」。〔五〕文鈔補遺作「谷陵」，各本作「陵谷」。〔六〕各本作「竪」，文鈔補遺作「贏」。〔七〕各本作「以」，文鈔補遺作「已」。〔八〕文鈔補遺「兆」字前有「魄」字，各本無。〔九〕金匱本、文鈔補遺有「表忠」二字，遂本、鄒鎡序本無。〔一〇〕金匱本、文鈔補遺作「看」，遂本、鄒鎡序本作「者」。〔一一〕金匱本有「附」字，文鈔補遺作「刻」，遂本、鄒鎡序本無。〔一二〕各本作「遺愛餘休」，文鈔補遺作「遺休餘愛」。

題王文肅公南宮墨卷〔一〕

故少保太原王文肅公，以嘉靖壬戌，首舉會試。試卷流布華夏，經生學子，家户誦習。而南宮故牘，鎖院手書者，兵燹㸌突，尚在人間。公之孫奉常時敏購得之，捧持以示謙益。謙益竊惟我國家久道化成，重熙累洽，莫盛于世宗肅皇帝、神宗〔二〕顯皇帝。公登科在嘉靖，入相在萬曆。歷事三朝，身在台階斗柄之地，長養五十餘年和平盛大之福。訏謨典册，炳蔚廊廟，人皆能知之。其奮跡場屋，致身館閣，實以是卷爲先資。當此之時，風簷燒燭，筆騰墨飛。五星明聚，百神下觀。不知光怪驚爆，當復何狀？迨乎得君當國，天人和同，人主深拱而薄海向風，諷議雍頌而四夷〔三〕解辮。蓋其光明俊偉、龐鴻深厚之氣象，固已著見于蠶書蠹紙、文句點畫之間。考其世，知〔四〕其人，有不徬徨嗟咨、俛仰流涕者乎？奉常少侍文肅，曾覩此卷，謂出嚴文靖家。亂後乃得之不知何人。嗚呼異哉！有唐之季，贊鄭公之遺笏，記衞公之故物，承平久長，寤歎斯作。居今之世，獲見斯筆，其隱心動色，又如何也？周陳大訓，魯歸寶玉。天之所與，有物來相。謙益敢謹書其事，以示觀者。其將以爲西清東觀，遺文未墜，而慨然有遐思焉，斯亦文肅之志也。壬寅歲三月望，門下學生虞山錢謙益再拜謹書〔五〕。

【校記】

〔一〕各本作「南宮」，文鈔補遺作「會試」。〔二〕文鈔補遺作「宗」，各本作「廟」。〔三〕文鈔補遺作「夷」，各本作「彝」。〔四〕各本作「知」，文鈔補遺作「思」。〔五〕文鈔補遺有「壬寅」以下十九字，各本無。

題吉州施氏先世遺册

喪亂之後，國家寶書玉牒，與故家縹囊緗帙，靡不蕩爲煨燼，踐爲泥塵。獨吉州施氏，累世圖像遺文，散失十有三載，裔孫偉長，一旦得之僧舍。豈非施氏風流弘長，先人靈爽憑依，不與劫灰俱泯？抑亦偉長抑塞磊落，龍蛇起陸，天實護持以畀之與？吾家自漢南納土，彭城尚主，得復王封。六世後，渡江居海虞者，彭城之宗子，于禮實爲大宗。居于他國，越在草莽。開天之日，鐵券進御，不獲與守祧之裔，共覲天顔。宗老言之，皆爲隕涕。乙未歲，偉長遊臨海，謁先廟，拜武肅、忠懿、文僖畫像，獲觀鐵券及周成王饗彭祖三事鼎，鼎足篆「東澗」二字。以〔一〕周公卜宅時，乃卜澗水東、瀍水西，故有此欵識也。謙益老耄昏庸，不克糞除先人之光烈，尚將策杖渡江，灑掃墓祠，拂拭宗器，以無忘忠孝刻文，乃自〔二〕號東澗遺老，所以志也。偉長曰：公方深惟周鼎，而吾家復還魯弓。公侯之後，必復其始，其亦〔三〕有占兆邪？

乃再拜稽首，敬書于〔四〕此卷之末。歲在壬寅二月朔日，吴越二十五世東澗遺老虞山錢謙益敬書〔五〕。有學集卷四十九

【校記】

〔一〕文鈔補遺于「以」字前注：刻有「蓋」字，各本無。〔二〕文鈔補遺作「自」，各本作「字」。〔三〕文鈔補遺有「亦」字，各本無。〔四〕文鈔補遺有「于」字，各本無。〔五〕文鈔補遺有「歲在」以下二十五字，各本無。

題王周臣文稿

周臣示余新文數首，筆勢俛仰，精强之氣，尤在眉睫間。讀不盲道人説，爲慨歎久之。余往作二盲説贈錫山華仲通，謂春秋之世，舉世皆盲人，獨師曠與左丘明兩人四目，瞭然在宇宙間。周臣以十年未字之女，抱五世相韓之恥，窮愁結轖，發病于目。余以爲居今之世，盡皆矇瞍拍肩，獨周臣一人，目光如炬耳。韓退之歎張文昌盲于目不盲于心，厥後〔一〕文昌雙目再明，人謂文人之文，能筆補造化如此。今周臣坐卧一室，有比丘穿針之歎。吾輩袖退之兩手，不能伸筆〔二〕援救，居然爲造化所聊蕭，良可自愧也。元遺山有句云：「無窮白日青天在，定有先〔三〕生引鏡年。」請以斯言爲周臣左券。癸卯臘月二十五日，東澗老人謙益書〔四〕。

【校記】

〔一〕文鈔補遺作「後」，各本作「得」。〔二〕金匱本、文鈔補遺作「筆」，邃本、鄒鎡序本作「紙」。〔三〕金匱本、文鈔補遺作「先」，邃本、鄒鎡序本作「光」。〔四〕文鈔補遺有「癸卯」以下十五字，各本無。

書吴江周氏家譜後

余少壯取友于吴江，得周子安期及從弟季侯，皆珪璋特達君子，雄駿人也。季侯與余，偕舉于鄉。已而取甲〔一〕第，歷雄職，亩牙拊頰，忤璫考死。易名賜祠，蔚爲名臣。安期晼晚不能取一第，與余交益親。因得見其二弟安石、安仁，所〔二〕謂瑶環瑜珥，稱其家兒者也。余每過吴江，泊舟垂虹亭下。安期墊巾扱衣，信步追躡。若與長年要約。或舟未艤，映望亭畔，招手叫呼，舟人讙笑，知爲安期也。安期殁後，間復過垂虹，追憶安期步屧登舟，足跡猶可指數。招邀笑語，咳吐宛然，輒潸然泣下，不忍久泊而去。衰年念故，輒作數日惡。以是故，于安石兄弟，亦不復〔三〕促數相聞也〔四〕。今年徵求内典，書尺再〔五〕往復。安石以修葺家譜示余，使爲其序。

余惟周氏南渡世家，恭肅爲盛世名卿，遠有代序。忠毅趾美相繼，廟食炳著琬琰，固無俟于余言。恭肅之諸孫，有叔宗、季華兩徵君者，外服儒風，内閟梵行。執侍巾瓶于紫柏大師，爲白衣弟子。而其母薛太君，精修安養，端坐往生。于是周氏一門，承紫柏之付囑，熏化母之教觀，莫不持木叉，奉檀度，旁行插架，漉囊倚户。吴中高門甲第，蘭錡相望，未有是也。季侯解八識規矩，潛噓慈恩之一燈。安期定徑山祖位，默護曹溪之一葉。搘柱〔六〕末法，金湯儼然。安石輯古今禪門文字，州次部居，不下數百卷。珠林寶藏，于斯爲盛。當世文人詞客，著書滿家，相與搜蟲魚、矜篆刻者，亦未有是也。

惡濁昏〔七〕迷，殘劫腥穢。閻浮提臭氣，上直光音天八萬由旬〔八〕。如周氏者，斯可謂栴檀之林、香積之國也。昔者顔侍郎作家訓，建立歸心一篇，以告戒其子姓。然則廣之推之意，其不欲以七葉之漢貂，六闕之唐尹，誇詡周氏之譜牒也，可知已矣。余老歸空門，將與安石爲梵侶。知其有異乎世之君子也，于是乎書。歲在乙未仲冬十有一日，虞山蒙叟錢謙益撰于東洞庭許氏之松石軒〔九〕。有學集卷四十九

【校記】

〔一〕文鈔補遺作「甲」，各本作「科」。〔二〕文鈔補遺作「所」，各本作「斯」。〔三〕文鈔補

遺有「復」字，各本無。〔四〕文鈔補遺有「也」字，各本無。〔五〕文鈔補遺有「再」字，各本無。〔六〕文鈔補遺作「柱」，各本作「拄」。〔七〕各本作「昏」，文鈔補遺作「惛」。〔八〕文鈔補遺作「八萬由旬」，各本作「四十萬里」。〔九〕文鈔補遺有「歲在」以下二十八字，各本無。

書南城徐府君行實後

昔北齊〔一〕劉獻之〔二〕有言：「百行殊塗，准之四科，德行爲首。若能入孝出弟，忠信仁讓，不待出户，天下自知。儻不能然〔三〕，雖復博聞强識，不過爲土龍乞雨，眩惑將來，于立身之道何益乎？」南城徐銓部仲芳，叙次其尊府君行實，少服牛行賈以紓其親，長束修鏃礪以立其身，晚教忠訓廉以成其子。今之士大夫，牆高基下，巇言梔貌，爲土龍致雨者，視府君何如也？府君有勇知兵，馬上舞雙刀如輪，昏黑中能挾彈取物。其平居〔四〕俯躬摳衣，齗齗如也。南渡日，弘光〔五〕改元，歲時家祭，稱崇禎年如故。嗟乎！稱弘光猶不忍，況忍改王氏臘耶〔六〕？記曰：「戰陣無勇，非孝也。」傳曰：「死而無義，不登于明堂。」府君之爲，勇與義兼之，節其〔七〕一惠，宜謚之曰孝子。謹書其後，以信獻之〔八〕之説。歲在辛丑，陽月二十五日〔九〕。有學集卷四十九

【校記】

〔一〕各本作「齊」；邃本作「齋」，誤。〔二〕各本作「子」，誤；文鈔補遺旁注：刻作「之」。〔三〕文鈔補遺有「然」字，各本無。〔四〕各本作「平居」，文鈔補遺作「居平」。〔五〕邃本、文鈔補遺作「南渡日弘光」，金匱本作「甲申後舊京」，鄒鎡序本空缺。〔六〕各本有「改元」至「臘耶」二十七字，鄒鎡序本空缺。〔七〕文鈔補遺作「其」，各本作「以」。〔八〕文鈔補遺作「之」；各本作「子」，誤。〔九〕文鈔補遺有「歲在」以下十字，各本無。

戲題徐仲光藏山稿後

今世達官貴人，例有文集行世。諸爲序述者，詩漢、魏迄李、杜，文左、馬迄韓、柳，兼工媲美，窮神極化。吾將踵爲讚頌〔一〕，羅無量百千萬億口爲吾口，斂無量百千萬億手爲吾手，聚無量百千萬億紙墨爲吾紙墨，曾不足博其一顧，曰：「吾詩筆固如是也。」少不愜順，則愠詈隨之。吾是以聞命飲冰，搜腸掐腎，驚爆竟日夕。嗚呼！何其苦也！今吾讀徐仲光之文，信手繙閱，移日終卷，忽然而睡，煥然而興，欣欣然氣浸淫滿大宅。何仲光之能移吾心也？仲光之文，本天咫、搜神逵、紀物變、極情僞，其雅且正者，如金石、如箴頌〔二〕。其變者如小説傳奇。其喜者，如嘲戲。其怒者，如罵鬼。其哀者，如泣如訴。其詭譎者，如夢如幻。

筆墨畦逕，去時俗遠甚。吾將爲次序讚述，如上所云，仲光未必喜。即不如上所云，仲光未必恚。蓋仲光之蘄得余言也不苟，而余之爲仲光言也，稱心出之，而無所鯁避，信仲光之能移吾心也。仲光貽書，屬余評定其文，自比李翺、張籍，而以昌黎目吾。仲光等夷〔三〕翺、籍，斯可矣。余之視昌黎，猶天之不可階升也，仲光于是乎失辭矣。

李肇言：「元和已後，文筆學奇詭于韓愈，學苦澀于樊宗師。」昌黎稱紹述之文，以爲至于斯極。昌黎之于樊也，耦乎云爾。張籍曰：「後之學者，號爲韓、張。」李翺曰：「兄爲汴州，始得兄〔四〕交。」昌黎之于李、張也，儕乎云爾。吾觀翺與陸傪書，謂「李觀雖不永年，亦不甚遠于揚雄。」又曰：「孟軻既歿，亦不見有過于愈者。」習之之有道而文，通懷樂善，蓋亦百世之師也。今之君子，執子瞻汗流走僵之言，下視籍、湜，殆循箕斗之虛名，而未既其實與？侏儒問天于長人，以爲庶其近天也。彼長人者，自詡爲近天，則更爲侏儒所笑。余傾倒于仲光至矣，懼二人者之更相笑也，戲書其後以交勉焉。歲在辛丑，書于貽仙閣中〔五〕。有學集卷四十九

【校記】

〔一〕〔二〕各本作「頌」，文鈔補遺作「誦」。

〔三〕金匱本、文鈔補遺作「夷」，邃本、鄒鎡序本作「彝」。

〔四〕各本作「兄」，金匱本作「見」。

〔五〕文鈔補遺有「辛丑」以下十字，各本無。

讀歸玄恭看花二記

余嘗謂西京雜記載上林令虞淵花木簿，排列名目，使人觀烏椑木、弱枝棗，輒興盧橘、蒲桃之感，不復點綴片語。若歐陽公牡丹志，小小譜録，發揮出如許議論。古人爲文，或繁或簡，皆非苟然而作。陸士衡曰：「故無取乎冗長。」此所謂伐柯之則也。不然，則甲乙帳簿耳，何以文爲？玄恭今歲飽看牡丹、菊花，紀其游最詳，屬余評定。歲莫偪塞，卒卒未遑點筆，姑書此以復之。然玄恭看牡丹詩云：「亂離時逐繁華事，貧賤人看富貴花。」此二句，可括紀游數十紙矣。辛丑長至日題〔一〕。有學集卷四十九

【校記】

〔一〕文鈔補遺有末六字，各本無。

書廣宋遺民録後

元人吴立夫讀龔聖予撰文履善、陸君實二傳，輯祥興以後忠臣志士遺事，作桑海餘録，有序而無其書。本朝程學士克勤，取立夫之意，撰宋遺民録，謝皋羽已下，凡十有一人。余

惜其僅止于斯，欲增而廣之，爲續桑海餘録，亦有序而無書。淮海李小有，更陸沉之禍，自以先世相韓，輯廣遺民録以見志。取清江谷音、桐江月泉吟社，以益克勤所未備。其所采于逸民史，其間録者，殊多謬誤。以王原吉爲宋人，張孟謙與謝、唐同時，令人掩口失笑。近世著書，多目學耳食之流。駢駁雜出，是其通病。惜乎小有輟簡時，不獲與余面訂其闕失也。小有殁，以其稿屬王于一，于一轉以屬毛子晉，而二子亦奄逝矣。余問之子晉諸郎，止得目録一帙。後有君子，能補亡刊正，釐爲全書，則小有猶不死也。撰序者李叔則氏，謂宋之存亡，爲中國之存亡，深得文中子元經陳亡具五國之義。余爲之泣下霑襟。其文感慨曲折，則立夫桑海録序及黄晉卿陸君實傳後序，可以方駕千古，非時人所能辨也。小有，字長科，故相國李文定公之孫。叔則，名楷，秦之朝邑人。逝者如斯，長夜未旦。尚論遺民者，殆又將以二君〔一〕爲眉目。嗚呼！尚忍言哉！玄默攝提格之涂月〔二〕。有學集卷四十九

【校記】

〔一〕各本作「君」，文鈔補遺作「士」。〔二〕文鈔補遺有末八字，各本無。

題施秀才卷

嗚呼！此吾吴郡二十年中事也。有是太守，廉卿〔一〕得民，輯瑞告行，黄童白叟，如免父

母。有是諸生，舉幡詣闕，爲州人借寇，橫被策蹇，不釀邑室一錢。有是孝廉，跡不入公府，藴義生風，舌樹齒牙，鏃礪流俗。豈非中吳之盛舉、郡志之美談乎？城闕天阻〔二〕，宫闕幽絶，四夫庶士，靡因靡資，投匭呼天，朝上夕可。我先帝綜覈吏治，周悉民隱，神心睿慮，經緯萬方，深仁厚澤，庶可以想見萬一。詩云：「於戲前王不忘。」可不念哉？甲午春日〔三〕。有學集卷四十九

【校記】

〔一〕文鈔補遺作「卿」，各本作「辦」。〔二〕文鈔補遺作「阻」，各本作「沮」。〔三〕文鈔補遺有末四字，各本無。

題錢〔一〕礎日哀言

或有問于余曰：「禮有之：『至哀無文。』又曰：『斬衰之喪，唯而不對。』礎日之喪其親也，而爲文以告哀。禮歟？」曰：「禮也。今夫斬衰之哭，若往而不反〔二〕。齊衰之哭，若往而反。此哀之發于聲音者也。夫鳥獸之喪其羣也，越月踰時，翔回焉〔三〕，鳴號焉。至于燕雀，尤有啁噍之頃。皆聲音之屬也。創鉅者其日久，痛甚者其愈遲。哭踊無數，惻怛痛疾，志懣氣盛，而託之于文，以發動其觸地壞牆，痛毒憑塞之極哀，稱情而生〔四〕，文先王之所不禁也。

顏之推曰：『孝經曰：哭不偯。謂哭有輕重質文之聲也。禮以哭有言者爲號。則哭亦有辭也。江南喪哭時有哀訴之言。蒼頡篇有偖字，訓詁云〔五〕：痛而諄也。』礎日之告哀，是亦哭辭痛諄之類也。禮緣人情，何爲而不可？」或曰：「然則彼都人士，相與摛詞點筆，以相其哀，亦禮歟？」曰：「鄰有喪，不相舂。古之有喪者，朋友〔六〕三日不弔則絶之。王修以社日哀母，鄰里爲之罷社。今爲礎日之友者，纏綿惻愴，各相其哀，以比于鄰舂罷社之義，亦猶〔七〕行古之道也。」或者拱而起曰：「善哉！吾未聞此言，信子游氏之儒也。以禮許人，吾不敢以汰哉目子矣。」有學集卷四十九

【校記】

〔一〕各本作「錢」，文鈔補遺作「宗彥」。〔二〕各本作「反」，鄒鎡序本作「及」。〔三〕金匱本、文鈔補遺作「焉」，邃本、鄒鎡序本作「烏」。〔四〕各本作「生」，文鈔補遺作「立」。〔五〕金匱本、文鈔補遺作「云」，邃本、鄒鎡序本作「之」。〔六〕文鈔補遺有「朋友」二字，各本無。〔七〕金匱本、文鈔補遺作「猶」，邃本、鄒鎡序本作「尤」。

題南谿雜記

袁小修嘗云：「文人之文，高文典則，莊嚴矜重〔一〕，不若瑣言長語，取次點墨，無意爲文，

而神情興會，多所標舉。若歐公之歸田録、東坡之志林，放翁之入蜀記，皆天下之真文也。」老懶廢學，畏讀宂長文字，近游白門，見寒鐵道人南谿雜記，益思小修之言爲有味也。道人之詩，與記雜出。古人之妙理，作者之文心，尺幅之間，層累映望。如諸天宫殿，影見于琉璃地上，行者殆不敢舉足，久之而後知爲地也。詠懷金陵古跡及和皋羽隆吉詩，零星點綴，皆有深寄。苦愛洪覺範、陸放翁，目爲南谿二友。其言曰：「石門，文中之佛也。放翁，文中之仙也。」余爲通其意曰：「石門謁梁公廟、李愬畫像諸詩，佛子之忠義鬱盤，揚眉努目，現火頭金剛形相者也。放翁巢車望塵，家祭囑子諸詩，仙人之飛揚跋扈，奮椎飛劍，負青城老將毛羽者也。道人灰心入道，古井不波，學仙學佛，何獨取乎二友？記言谿之東陂，鍾山峯影，如蓮華倒垂。夕陽曉月，有氣熊熊然。二友之文章，光怪發作，化爲靈風怪雨，恍忽遁去，子可不慎備乎？」道人不答，反手長嘯，目直上視，仰睇雲漢者久之。有學集卷四十九

【校記】

〔一〕文鈔補遺作「莊嚴矜重」，各本作「莊重矜嚴」。

題華州郭氏五馬榮歸集

孝宗敬皇帝之朝，運會雍熙，明良喜起。宗臣元老，錯列朝著。于時一命之士，祓濯休

明，人懷緇衣之好，家厲素絲之節。譬諸春陽麗日，一草一木，靡不舞和風而含元氣。猗歟盛哉！華州郭公，由鄉舉三任方州，廉辦著聞。引年致仕，時人作爲詩文以榮其歸。其詞頌〔一〕而不諂〔二〕，質而不俚，渢渢乎盛世之音也。嗟乎！士〔三〕君子壯而出仕，仕而得歸，歸而老，老而死，此亦民生之常，無足道者。由今觀之，則相與驚怪錯愕，以爲吉祥善事，甚難希有。陸大夫之燕喜，疏太傅之祖送，西京、東都，朝野歡娱，豈得〔四〕于吾身親見之哉？郭氏此卷，放失已久。亂後得之敗屋壞垣中。裔孫總戎光復，屬余書其後。總戎今年六十有九，據鞍上馬，矍鑠哉是翁！汾陽異姓之後，郭有人焉。天其畀以斯卷，爲何比干之賜策乎？是可書而券也。有學集卷四十九

【校記】

〔一〕各本作「頌」，文鈔補遺作「誦」。〔二〕各本作「諂」，文鈔補遺作「諂」。〔三〕文鈔補遺有「士」字，各本無。〔四〕金匱本、文鈔補遺作「得」，各本作「待」。

絳雲樓題跋卷九

書大悲心陀羅尼經秘本後[一]

右經爲宋人寫本，題云大唐三藏不空譯。較今藏函伽梵達摩譯本，唯經前偈，稽首觀音大悲王，乃至所願從心悉圓滿十六句，與達摩本十四句互異[二]。從南無大悲觀世音乃至説神妙章句陀羅尼後，無量衆生，發菩提心，則宛是一本也。呪中每一句下，有白描小畫像，夾住諸佛菩薩諸天鬼神[三]名于其下，此則達摩本所無，亦今世間人所未曉者。余敢以臆通之。

昔者金剛薩埵，親于毘盧遮那佛前，受瑜伽密部最上乘義。後五百歲，傳龍猛菩薩。龍猛又數百歲，傳于龍智。龍智傳金剛智。金剛智傳大廣智不空。自毘盧遮那如來至于[四]不空，才六葉耳。不空年十五，師事金剛智，受金剛界大曼荼羅法，又詣龍智，揚搉十八會金剛灌頂，及大悲胎藏建壇之法，傳經論至五百餘部。當玄、肅之朝，建灌頂道場，則文殊現身；誦仁王密語，則天兵助陣。非其五部教門，別有密印觀法行果，得持總中密中之密，何以有此？唐世梵僧，寫進陀羅尼梵本，必于細妙氎上，圖[五]畫形質，及結壇手印。上每令宫女繡成，或匠人畫出。其尤秘密者，藏諸册府，不許流布。唐末喪亂，經畫銷毁，亦有流入于〔六〕日本者。此本必是不空所翻五百餘部之一，其畫像則梵僧〔七〕細氎圖形之遺製，喪亂之後，或自册府流落人間也。

或疑此本畫像下〔八〕有馬鳴、龍樹二菩薩本身，佛與觀音大士説經咒時，何以有此？余應之曰：「佛説〔九〕此經，在補陀落迦山觀世音菩薩宫殿中，子亦將疑曰，佛説經處所，不在竺國，則在天宫，何以降跡于南方之補陀耶？楞伽中佛告大慧：『善逝涅槃後，未來世當有持〔一〇〕于我法者。南天竺國中，大名德比丘，厥號爲龍樹。』則又將疑曰，龍樹生于像法之末，何以佛于楞伽會上，懸〔一一〕爲記莂耶？瑜伽密教，一祖爲毘盧遮那如來，二祖即龍猛菩薩，聖位玄功，難思難議〔一二〕，豈止分身百億，現影三千，而可以時分數量，比擬測度也哉？」

毛子子晉，獲此本于蒼雪法師。余見而歎曰：「靈文秘典，僅存于後五百歲。東夏之人，有如一行、慧朗者，傳教金輪，用以顯神功而求軌迹，其必有取于此乎？子晉其善護持之。」余敬書其後以竢。屠維大淵獻之歲，余月十九日，佛弟子蒙叟錢謙益槃談謹書〔一三〕。有學集卷五十

【校記】

〔一〕此文遼本、鄒鎡序本、金匱本俱有，亦收于文鈔補遺中。〔二〕金匱本、文鈔補遺作「互」，遼本、鄒鎡序本作「至」。〔三〕文鈔補遺作「鬼神」，各本作「神鬼」。〔四〕金匱本作「至

于」，邃本、鄒鎡序本作「至我」，文鈔補遺作「生於」。〔五〕金匱本、文鈔補遺作「圖」，邃本、鄒鎡序本作「圓」。〔六〕文鈔補遺有「于」字，各本無。〔七〕各本有「梵僧」二字，文鈔補遺無。〔八〕文鈔補遺有「下」字，各本無。〔九〕金匱本作「說」，邃本、鄒鎡序本作「法」。「佛說」以下至「南方之補陀耶」四十七字，文鈔補遺無。文鈔補遺別作「神咒不翻古今共曉然豈可執是以論瑜伽密教哉」。〔一〇〕各本作「持」，邃本作「待」。〔一一〕文鈔補遺作「懸」，各本作「先」。〔一二〕各本作「議」，文鈔補遺作「擬」。〔一三〕文鈔補遺有「屠維」以下二十四字，各本無。

書憨山大師十六觀頌後〔一〕

楞嚴二十五聖齊說圓通，如月光童子自叙水觀，自入室安禪，童子誤投瓦礫，乃至開門除去已，叙致詳委，歷歷如畫。自家屋裏人說家常話，故應爾爾。憨大師枯坐東海，入海湛空澄觀。楞嚴觀境，了然心目。厥後作淨土十六觀頌，一門超出，宜其鑿鑿如懸鏡也。學人影掠光影，輒思拈弄偈頌，余每訶之。霍光將假銀城賣與單于，誰人作保耶？杭城毒熱如焚，聖可上座以大師手跡見示，不覺涼風沁骨，謹書其後。有學集卷五十

【校記】

〔一〕此文邃本、鄒鎡序本、金匱本俱有，亦收于文鈔補遺中。

題十八祖道始頌〔一〕

蕅益法師旭公，請鄭千里繪西方此土諸祖，凡十八人，作序頌以志皈依。旭公殁，弟子聖可藏弆供奉，請余題其後。旭公于諸祖，數止十八。每宗各師一人，非有軒輊。本朝則奉雲棲、紫柏、憨山三老，繼諸祖後。嗟夫！師子輟響，野干雷鳴。臨濟一宗，儲胥林立，而位置三老于門屏之外。旭公于此中鄭重頂禮，揀別僭僞，風雪當門，孤危揞拄。斯所謂田光、貫高之用心與？余頃者刊定憨山〔二〕大師全集，撰曹溪肉身記及紫栢密藏遺集序，不惜以短兵匹馬，橫身四戰之地。惜乎旭公久逝，不得見其危身竦坐、展紙疾讀、拊几而流涕也。有學集卷五十

【校記】

〔一〕此文邃本、鄒鎡序本、金匱本俱有，亦收于文鈔補遺中。〔二〕文鈔補遺有「山」字，各本無。

書遠公明報應論後〔一〕

遠公明報應論，載在弘明集，但書爲遠公之作。考出三藏記目録云：「遠法師答桓玄明

報應論，論中『問曰』者，皆玄之文也。」玄之難問報應，可謂精矣。初明四大結，結爲神宅，滅之無害于神，影掠拂經四大分散之言。次明因情致報，乘感生應，自然之迹，順何所寄？竊取老子道法自然之義。故遠公評之曰：「此二條是來問之關鍵，立言之精要。」晉、宋以後，何承天、范縝之徒，諍論神滅，要皆述祖桓玄，但得其少分麤義耳。遠公之答，伐樹得株，炙病得穴。自宗少文已後，極論形神者，一一皆遠公注脚。故此論即神不滅之宗本也。盧循瞳子四轉，遠公謂之曰：「君體涉風素，而志存不軌。」靈寶之凶慝，固已懸鏡久矣。感應之論，條分禍福，所以翦其奸萌，折其弑械，豈但是求理中之談哉？玄倚恃邪見，不信罪福，竊位扇惡，無復顧忌。不知義旗電發，推步厭勝，聞人怨神怒之言，捫心自悔，尚能執冥科幽司，都無影響否？兇渠即僇，縣首大桁。此時地水火風，結爲神宅者[二]，亦無受傷之地否？循覽遠公之論，而披尋其扣擊之所以，然後知撥無因果，乃亂臣賊子積劫之芽種，刳心刓骨，以桓玄爲殷鑒。尋影響之報，以釋往復之迷[三]。無父無君之流毒，庶可以少殺矣乎？孟子曰：「春秋成而亂臣賊子懼。」吾以樓煩之著論，比東魯之春秋，非虛語也。後世儒者，誅逆臣于晉季，失席痛恨，莫桓玄若也。及其標榜竪義，排斥三報，抹摋三界，胥歸命于神滅。其不以玄爲太宗者幾希。嗚呼！其亦弗思之甚也哉！有學集卷五十

【校記】

〔一〕此文邃本、鄒鎡序本、金匱本俱有，亦收于文鈔補遺中。〔二〕文鈔補遺有「者」字，各本無。〔三〕金匱本、文鈔補遺作「迷」，邃本、鄒鎡序本作「迹」。

題華嚴法會箋啓〔一〕

含光法師，坐蓮子峯頭，宣演清涼大鈔，畢蒼、汰〔二〕二師未了譬願，學徒英敏者，翹勤啓請。連章累牘，爛然可觀。法師劇喜爲法筵盛事，馳示聚沙居士。居士繙閱一過，熙恬微笑，贊嘆不已。既而思之，昔者圭峯大師，講懸疏于上都，泰恭小師，斷臂慶法。今日聽徒，豈無觀智增上如斯人者。又當知泰恭聞法時，玄妙難思，若何領會，遂能慶法斷臂？定慧説法時，甚深妙義，若何舉揚，至能令人慶法斷臂？倘能于每一會中〔三〕，師資扣擊，諮決印可，一一披其關鍵，開其鈎鎖，于以宣〔四〕暢玄宗，唱導聾聵〔五〕，正須閭巷街談，家常俗話。良不必排比四六，裝潢尺幅也。大法將開，龍象蹴踏。老夫在華嚴法界中，頭面禮足，猶恐不及，豈徒歡喜讚嘆而已耶？有學集卷五十

【校記】

〔一〕此文邃本、鄒鎡序本、金匱本俱有，亦收于文鈔補遺中。〔二〕各本作「蒼汰」，文鈔補遺

作「汰蒼」。〔三〕各本作「中」，文鈔補遺作「時」。〔四〕各本作「宣」，鄒鎡序本作「宗」。〔五〕各本作「瞶」，文鈔補遺作「瞽」。

藏逸經書標目後記〔一〕

密藏開法師，搜訪教乘，手録標目一册，留平湖陸季高家。余得之吴江周安石氏。此册爲藏師甲乙掌簿，草次標識，然實〔二〕有益于禪、講兩家。吾嘗謂圭峯大師講清涼疏鈔于東都，泰恭小師至于斷臂慶法。今之講疏鈔者，尋行點句，動云一標二釋三結，未知古人講演，果如是否？師謂經、疏鈔不應並講，又謂單講會玄爲大愚。以此正告講席，斯可謂天鼓發聲矣。其抗辨宗門，有云「救少林絹帕之譌，則披根評唱；懲白蓮郵册之禍，則斬蔓蘭風。」斯二者，其病症粗，其攻伐顯。若以正法眼藏，剔邪别僞，由斝絶法舟而抉摘笑巖，在法門則金剛之眼也，在儒門則春秋之筆也。

蓋昔者紫栢、海印二大師，謂五燈之傳不正，則慧命不續，而獅絃則遂絶。于楚石藏師爲〔三〕入室弟子，接〔四〕鵝王之油，而擇牧女之乳。點胸刻〔五〕骨，非師而誰！奉二師之正印，全提真吼，勘辨諸方，推倒回頭，趯翻不託者，非師而誰？法運陵遲，魔外恣横。法門中師子蟲，不在絹帕，不在部册，而熾然于登堂付法、僭王竊號之徒。金剛王寶劍，沈薶斷落，如電光一綫，偶爍昏塗，其誰信而從之？豈惟不信，殆必有血牙炬口鋒起而妨難者矣。師之誓願，不惜頭目腦髓，回向法界衆生。假令阿僧祇劫恒河沙數無量無邊衆生，各化無量無邊口舌，咀嚼于師，各出無量無邊筆墨，描畫于師，各殫無量無邊智辨，推剥于師，師以一言半句爲弄引，與無量無邊衆生作緣。于其婆心熱血，庶有少分相應也。然則師于佛法中，古人所謂程嬰、公孫杵臼、田光、貫高之用心，固無憾于斯人之徒。而余爲奮筆舉敭，留眼目于末後，亦何憚矣哉？

師以萬曆己丑，駐錫虞山東塔。余方童稚，從祖祖父存虛府君，攜往禮足，標目中所謂錢文學順化也。距今七十年矣。師得龍樹尊者不死之法，長髯褐衣，時時游行人間，偶睹此册，必將曰：「此吾向日摩頂撫慰〔六〕八歲小兒也。」今老大掉弄筆舌如此，能無粲然而顧笑乎？庚子長至後八日〔七〕。有學集卷五十

【校記】

〔一〕此文邃本、鄒鎡序本、金匱本俱有，亦收于文鈔補遺中。〔二〕各本作實，文鈔補遺作「殊」。〔三〕文鈔補遺作「師爲」，各本作「書謂」。〔四〕各本作「接」，文鈔補遺作「唼」。〔五〕各本作「刻」，文鈔補遺作「尅」。〔六〕文鈔補遺作「慰」，各本作「慧」。〔七〕文鈔補遺有末七字，各本無。

書汰如法師塔銘後〔一〕

余爲汰如法師塔銘，徇蒼雪徹師之請，據其行狀而作也。後十餘年，汰師〔二〕高足含光渠師〔三〕來告我曰：「有人議先師塔銘，寥寥數首，不足以稱道德業，願奮筆改定。渠以爲不若仍請于公，取次增潤，不獨〔四〕于先師有光〔五〕，亦聊以塞謡諑之口也。」余唯唯曰：「吾文蕪陋多矣，敢不唯命。」繙經少間，取舊稿及新所撰述，循覽反覆，啞然而笑曰：「彼何人哉？殆歐陽子論尹師魯墓誌所謂世之無識者也。」

凡誌〔六〕浮屠師者有三。一曰：授受師資，係法脈齧節則書。二曰：講演經論，係教海關鍵則書。三曰：道場住持，係人天眼目則書。舍是無書焉。余之銘汰師也，先書其行履，次書其講演，後書其歸宿。于蒼師之狀，無溢詞焉，用古〔七〕法也。書行履曰：隨雨師住鐵山，繼師住中峯，既而説法于杭之皐亭、吴之花山、白門之長干寺，軍持杖錫至止略具足矣。必欲補書曰，以何年往〔八〕某處，以何夢兆住某山。甲乙編次，古無是也。法師應期，必有檀越啓請，四衆圍遶，必欲詳書曰，某宰官致書，某宰官護持，某捐貲供養，某具舟津送，古德住五山十刹，尤唾棄爲掛名官府，如有户籍之民。而今之津津利養者，何也？書講演則莫大乎創講大鈔，與蒼師踐更法席，故次及之。書歸宿則莫要乎臨行怡然，惟自念言，心不知法，法不知心，直如譚倦欲息，聲息旋微，故又次及之。末後〔九〕引據蒼師之論，謂師事業福德，未能如古人，亦未可與今之不教不禪、欺世盜名者比。此蒼師之直言也，亦實語也。所謂古人者，杜順、賢首、清涼之流，謂師不如古人，非抑之也。雖未能如古人，而其戒力見地，已迥絶乎世之不教不禪、欺世盜名者〔一〇〕，則已横截末流，如麞獨跳，不可謂非揚之至也。然而師之生平，以華嚴爲大宗，以講演大鈔爲弘願。法席有終，此願無已，故余爲之銘也。然則師之説法，固未嘗止，而大鈔之講席，其可以爲未終乎？其所以蕆〔一一〕往願，啓後緣，讚嘆而唱導者，亦可謂深切著明已矣。謂未足稱道德業者何也？

文不載嗣法弟子，此蒼師之略，非予過也。張説大通碑不載普寂、義福。王維大鑒銘，不載南嶽、青原，古人亦有之矣。添亦無害〔一二〕，勉狗而添之可也。其最可嗤者，不言余文之不工，而譏其寥寥數言，無以稱道德業。然則稱道人之德業，必連篇累牘，更僕羅縷，而後爲愉快勝任乎？黄魯直、陸務觀爲高僧塔銘，多〔一三〕寥寥數言，亦將買菜求益乎？行船之順風，聽衆之擠壓，僧徒老少之寒暄，叢林交單之諈諉，鄙猥瑣碎，咸將一一書之。拈花因緣，出于大梵天王經者，特引〔一四〕爲博聞證據，得無令善星比丘掩口而笑乎？歐陽公有言：世之無識者，不考文之〔一五〕重輕，但責言之多少。夫巳氏尚不讀歐陽〔一六〕文，安責其他。僧家不諳外教，不知古文法，則心〔一七〕欲推崇其師，而妄爲無識者所撼。不直則道不見，故不敢不以正告也。余爲此言，不獨以告汰師之徒，亦〔一八〕欲後之銘浮屠者，知有所謂古法而從事也。丁酉陽月二十六日〔一九〕。有學集卷五十

【校記】

〔一〕此文邃本、金匱本有，鄒鎡序本無。亦收于文鈔補遺中。〔二〕邃本、文鈔補遺作「師」，金匱本作「如」。〔三〕邃本、文鈔補遺作「師」，金匱本作「公」。〔四〕金匱本、文鈔補遺有「業願」至「不獨」二十一字，邃本脱。〔五〕金匱本、文鈔補遺有「有光」二字，邃本缺。〔六〕金匱本、文鈔補遺作「誌」，邃本作「識」。〔七〕邃本「古」下有「書」字，金匱本、文鈔補遺無。〔八〕金匱本、文鈔補遺作「往」，邃本作「住」。〔九〕邃本、文鈔補遺作「後」，金匱本作「復」。〔一〇〕金匱本、文鈔補遺有「古人」至「名者」二十三字，邃本脱。〔一一〕文鈔補遺作「蕆」，邃本、金匱本作「藏」。〔一二〕邃本、文鈔補遺作「害」，金匱本作「善」。〔一三〕金匱本、文鈔補遺有「多」字，邃本無。〔一四〕文鈔補遺作「引」，邃本、金匱本作「因」。〔一五〕金匱本、文鈔補遺作「文」，邃本作「言」。〔一六〕邃本有「陽」字，金匱本、文鈔補遺無。〔一七〕邃本、文鈔補遺作「心」，金匱本作「以」。〔一八〕金匱本、文鈔補遺有「亦」字，邃本無。〔一九〕金匱本無末八字，文鈔補遺有，邃本無「二」字。

又書汰如塔銘後〔一〕

崇禎十二年，汰如河法師講大鈔于華山。開講日，天池石鼓有聲，四衆咸有喜〔二〕色。師蹙〔三〕然曰：「讖有之：『石鼓鳴，吴中兵。』今江淮多警，豈宜有是？」一期講畢，白鶴數十，飛鳴盤舞，咸以爲講演之瑞。師正色曰：「來鶴之事，道家有之，非吾佛法所重也。」坐上爲之斂容。石鼓主兵，所在多有。吾往習道家科儀，醮壇煉度，結旛召鶴，道流以爲固然，良不足異。師之言信也。余往撰塔銘，據蒼老行狀，略書其事。戊戌冬，毛子晉過村莊，備道其親聞于講席者，乃知此。師深心淵識，具正法眼，迥絶于流俗若此。謹書之，以補前志之闕。余嘗有詩贈講師云：「誰拈齩蚤家常話？忽漫天花下講臺。」意亦如此。庚子仲秋二十五日〔四〕。有學集卷五十

【校記】

〔一〕此文邃本、金匱本有，鄒鎡序本無。亦收于文鈔補遺中。〔二〕邃本、金匱本作「喜」，文鈔補遺作「欣」。〔三〕邃本、金匱本作「蹙」，文鈔補遺作「蹵」。〔四〕邃本、文鈔補遺有末八字，金匱本無。

覺浪和尚天界初録題語〔一〕

余下根鈍器，衰老失學，每見世間文字及諸方語録，堆床積案，便眼昏頭暈，不能開卷。每拈懶殘語，那有閒工夫，替俗人拭鼻涕耶？然每于燈殘月落、夢回寐醒，先佛古師，一一〔二〕染神尅骨，語句影略逗漏，時時落齒牙喉吻中，如小兒弄語時〔三〕，婆婆和和。有人詰之，茫然不能置答，有掩口一笑耳。與覺浪和尚相聞十餘年，始得把臂，不交一語，頓覺心腑清涼，輒伸筆爲文以贈。頃又見其天界初會語，是三十年前，與焦弱侯諸先生聚首提唱〔四〕者也。迄今藏弆篋笥，未有人著語。而公之上首鶴谿，猥以見屬。每欲下筆，輒作婆婆和和狀，是又可一笑也。

嘗聞長者言，本朝禪門，自碕楚〔五〕石、泐季〔六〕潭後，一燈迢然。而憨大師盛稱壽昌無明，以〔七〕爲法眼圓明，振起末俗。今浪老實壽昌的骨子孫，建大法幢，獅絃繼響。讀斯語者，有以洞見其〔八〕提挈綱要，照用遮奪之機。無以斯世顢頇籠統，冬瓜瓠子之印，同類而舉揚之。庶不爲延津刻舟之人所竊笑也。昔吾憨師，贊壽昌之像曰：「突出大好山，千里遥相見。」博山見之，以爲知壽昌之深，無如憨師也。今吾幸〔九〕于暮年得見浪老，相與敲空作響，無舌而談。善財童子登妙峯頂，不見德雲比丘。及見德雲，乃在別峯之上。蓋余與浪老，所

謂「千里遥相見」者如是〔一〇〕。鶴谿以爲然否？（有學集卷五十）

【校記】

〔一〕此文邃本、金匱本有，鄒鎡序本無。亦收于文鈔補遺中。〔二〕邃本作「一一」，金匱本、文鈔補遺作「一二」。〔三〕金匱本、文鈔補遺有「時」字，邃本無。〔四〕各本作「唱」，文鈔補遺旁注：作「和」。〔五〕各本作「楚」，文鈔補遺旁注：作「礎」。〔六〕邃本、文鈔補遺作「季」，金匱本作「李」。〔七〕金匱本、文鈔補遺作「以」，邃本作「此」。〔八〕邃本、金匱本有「其」字，文鈔補遺無。〔九〕金匱本、文鈔補遺作「幸」，邃本作「本」。〔一〇〕邃本作「是」，金匱本、文鈔補遺作「此」。

題無可道人借廬語〔一〕

金華宋學士，至正末，堅辭辟命，入仙華山爲道士，劉青田賦詩以招之。濠泗真人，從非非想天出定。雲龍風虎，應期而起。握三寸管，闡敭佛法。龍華法界，變現于龍荒沙漠之餘。學士故永明智覺後身，乘大願輪，現身説法。時節因緣，不可思議如此。無可道人，後三百年，踵金華之後塵，其人與其官皆如之。遘遇喪亂，薙髮入廬山，披壞色衣，作除饉男，又何其相類也！金華題廬山十八賢圖，以謂君子在山林，則天下亂。至于披圖流涕。道人借廬之詩，茫茫焉，落落焉，不復知有情器世界塵刧壞成之事。翎彈〔二〕松漠，規啼居庸，如風起青蘋之末，迢然過吾耳也。白〔三〕香山居廬山草堂，煉丹垂成，除書至而丹鼎敗。龍河之幣聘，亦仙華敗鼎之日也。恐道人未免捉鼻耳。癸巳元日，海印弟子某題〔四〕。

有學集卷五十

【校記】

〔一〕此文邃本、鄒鎡序本、金匱本俱有，亦收于文鈔補遺中。〔二〕金匱本、文鈔補遺作「彈」，邃本、鄒鎡序本作「彃」。〔三〕文鈔補遺作「白」，邃本、鄒鎡序本、金匱本作「自」。〔四〕邃本、鄒鎡序本、金匱本有末六字，文鈔補遺無。

書蕅益道人自傳後〔一〕

道人辭世之日，遺囑諸弟子，勿起塔、勿刻銘，荼毘之後，以骨肉〔二〕施禽鳥，豈復有意于身後名哉？此傳是癸巳歲手書，以遺其上足聖可者。聖可出以眎余，請書其後。

嗚呼！今世宗師座主，踞曲彔牀、建大法幢者多矣。孰有千經萬論，如水瀉瓶，橫心橫口，信心信口，橫説竪説，具大辨才，如道人者乎？孰有持木叉戒，冰〔三〕清玉栗，雖復白刃穴頭，飛鐵灼身，斷不肯毀缺針鼻，如道人者乎？孰有篤信大乘最上乘法門，破屛第一義諦，不游免徑，不內〔四〕牛跡，不乘羊鹿二車，如道人者乎？其立論以爲：隨機羯磨出而律學衰，指月錄盛行而禪教壞，四教儀流傳而台宗昧。舉世若教若律若禪，無不指爲異物，嫉若仇讐。道人坦懷當之，攢鋒集矢，無所〔五〕引避。昔者宋人論洪覺範曰：「寧我得罪于先達，獲謗于後來，而必欲使汝曹〔六〕聞之。于佛法，與救鴿飼虎等。于世法，程嬰、公孫杵臼、田光、貫高之用心也。」吾嘗謂紫伯、海印二老後，道人殆庶幾不媿此語。於乎難哉！

然道人眼明手快，立心公虛。余嘗見其四書解，微言規切之，幡然有省，遂秘不復出。初未嘗封己貢高，自以爲是也。今其著書行世者，諸方耆宿，或然或疑。佛無定法，教有多門。在作者意廣言高，豈能以一手握定。在觀者射聲問影，未免以衆〔七〕矢拾決。要以門牆既別，標指各殊，未嘗往復酬對，諮決于生前，而徒以函矢磓錐，抉摘〔八〕于身後。道人爲正法，爲末法，一往深心苦心，窮塵積刧，孰有能明之者？此余所爲咨嗟惋惜，願與斯世法將，共表明之者也。

余老皈空門，辱道人有支、許之契。哲人往矣！安仰安放？每讀其書，時有弋獲。燈前荼罷，不復能執卷請益。永言思之，潸然淚下。遂書以示聖可，并以告諸上首弟子。其未知以余言爲然邪否邪？道人名智旭，號素華，亦云藕益。傳文不載，法得附書。戊戌夏四月，書于杭城報因院〔九〕。有學集卷五十

【校記】

〔一〕此文邃本、鄒鎡序本、金匱本俱有，亦收于文鈔補遺中。〔二〕文本作「骨肉」，文鈔補遺作「肉骨」。〔三〕金匱本、文鈔補遺作「冰」，邃本、鄒鎡序本作「水」。〔四〕文鈔補遺作「内」，各本作「内」。〔五〕文鈔補遺作「所」，各本作「可」。〔六〕金匱本、文鈔補遺作「曹」，邃本、鄒鎡序本作「與」。〔七〕金匱本、文鈔補遺作「衆」，邃本、鄒鎡序本作「象」。〔八〕各本作「摘」，文鈔補遺作「擿」。〔九〕文鈔補遺有「戊戌」以下十二字，「因」字旁注：作「恩」。各本無。

題官和尚天外游草〔一〕

往年遊南北兩都，劍叟和尚摳衣謁余。是時爲秦川貴公子，爲山東英妙，已而爲西東京循吏，爲西臺遺老。今遂壞衣鬃髮，修頭陀行，拄杖拈錐，揚眉瞬目，作堂頭老和尚。一生面目，斬眼改換，使人有形容變盡之感。而余猶刺促作老禿翁。雀入水化爲蛤，我獨不能，豈不悲夫！劍叟今年晤余武林，出天外遊草示余。劍叟所云天外者，欲界天外耶？無欲無色四空天外耶。欲界之頂，即色界天，色界之頂，即無色界天，安得有天外之天可游？四空天依于空，空無所依，又安得有空外之天可游？我輩波波碌碌，多生積刧，往來天上人間，安得有一天外之人與劍叟證明此事耶？如來言：「有一人發真歸元，十方虛空，一時消殞。」虛空既言消殞，劍叟所遊之天外，未知安放何處？覺浪老人近在皋亭，此老生身在空刦已前，或能知天外事，劍叟試以吾言問之。戊戌夏至題〔二〕。有學集卷五十

【校記】

〔一〕此文邃本、鄒鎡序本、金匱本俱有，亦收于文鈔補遺中。〔二〕文鈔補遺有末五字，各本無。

書惟諤上座傳後〔一〕

即中見公，贊惟諤上座行履，極稱其舍道歸禪，得三聖設教之意。而愚以爲歸禪猶易，歸禪之後，習禪于聞谷，學教于新伊，晚而諮決于靈峯。一時魔禪盛行，開堂付拂，紛起如蝟毛。而能湛寂自守，不墮其雲霧中。此則枝拄末法，爲風雪當門之人，斯爲難能也。溯其生平，乘戒兩急，福慧雙修。以六度萬行，訓迪子孫，俾其謹守木叉，精嚴持誦。重規疊矩，擊蒙守拙。而不敢掠虛頭、標影悟，扇狂風而卷〔二〕惡慧。厥孫蒼暉，受靈峯遺囑，傑然稱師子兒，其家風可知也。蒼暉勉之。真修實悟，勿負二老人爲法苦心，即堪從佛轉輪，作人天眼目。余將援筆以觀其有成。有學集卷五十

【校記】

〔一〕此文邃本、鄒鎡序本、金匱本俱有，亦收于文鈔補遺中。〔二〕各本作「卷」，文鈔補遺作「養」。

題沈石天頌莊〔一〕

孔自孔，老、莊自老、莊，禪自禪，乘流示現，面目迥別。宋儒林鬳齋，影掠禪宗注莊子，河伯海若，謂與傳燈録忠國師無情説法，無心成佛同看，却又不敢不依傍程、朱，移頭換面。三家門庭，從此無風起浪，葛藤不斷。莊生云：「鑿混沌之竅，七日而混沌死。」其鬳齋之謂與？石天居士，具正法眼，具大辨才，説莊頌莊，横説竪説，非鬳齋一知半解之比。方今魔外盛行，矯亂論議。佛法世諦，如金銀銅鐵，攪和一器，其罪業尤甚于毁佛謗經。請石天特出手眼，横截衆流，勿使明眼人謂鬳齋一往敗闕〔二〕，延津劍已去，尚有刻舟人也。有學集卷五十

【校記】

〔一〕此文邃本、鄒鎡序本、金匱本俱有，亦收于文鈔補遺中。金匱本、文鈔補遺題作題沈石天頌莊，邃本、鄒鎡序本作題石天洞書。〔二〕各本作「蹶」，金匱本作「闕」。

讀武闇齋印心七録記事〔一〕

予老歸空門，患苦目學。妄思設三大火聚，以待世間之書。一曰：炎祖龍之火，以待儒書。凡儒林道學，剽賊無根者，投畀於是。一曰：然須彌之火，以待釋典。凡文句語録，駢贅無根者，投畀於是。一曰：扇丁甲之火，以待玄文。凡經方符籙〔二〕，誕謾無稽者，投畀於是。蓋〔三〕嘗用是法以銷歸世間文字，雖大地爲紙，微塵爲墨，而吾以灰心閉目，冥置之而有餘。

戊戌良月之晦，有一〔四〕偉丈夫，扣我柴門，闖然而入〔五〕，拱揖肅拜，捧持所著書，盈箱溢帙〔六〕，出而就正於予。其爲書也，綱羅三教，懸鏡一心。穿天心、壓月窟、凌四游、貫八極，驟而即之，如入鮫人之室，明珠夜光，撒地而湧出也。如登羣玉之府，琬琰珪璋，觸目而森列也。徐而探之，如涉大海，天吴陽侯，魚頡鳥昕，砐硪而逆擊也。如入深山窮谷，豪豬虎豹，迅奮而攫拏，急與之角而力不暇也。予耳嘈金奏，目眩銀海〔七〕，一不知丈夫之爲何人，是書之爲何書也。其以爲儒家也，則未知爲河雒之圖與？端門之命與？赤虹黄玉〔八〕之刻文與？其以爲釋家也，則未知爲阿難海之集與？遮具盤之藏與？曇無竭之寶牀金牒與？其以爲道家也，則未知爲靈飛之經與？良常之銘與？驪山老母之丹訣〔九〕與？其以爲諸子百家也，則未知爲〔一〇〕雕龍炙輠與？白馬非馬與？蒯通之雋永、鄭虔之薈蕞與？始而驚，已而喜，既而睚眙徊徨，不能自持。則曰：有三大火聚在，盍畀諸？畀諸儒火，則有縹筆絳衣之大儒，攝齊〔一一〕而臨之。畀諸佛火，則有赤幡白牛之天神，執杵而護之。畀諸道火，則有星冠霞帔之仙真，佩璽而守之。余爲之手戰頭暈，口呿而不合也〔一二〕。輿金藏之雲，不能覆也。鼓毘嵐之風，不能吹也。張炎官之傘，不能焦也。所謂三大火聚者，其赫熹可以焚鐵圍、亘梵天，而此書無恙也。余所設投畀之法窮矣。於是乎蕩蕩墨墨，隱几而卧。如遊帝所，如入墨穴〔一三〕，如魘如寱，求寤不得者久之。

紹介丈夫來者，陳子金如，趣呼予曰：「是夫也，非他人，兗之曹縣武闇齋先生名張聯〔一四〕者也。是東魯洙泗之名〔一五〕儒，而先皇帝玄纁之遺臣也。是曹安邑之入室弟子，張藐山、黄石齋之畏友也。弱冠壯遊，明心訪道，效善財童子南詢，徧歷百城，頂禮善知識，而今首及于夫子。夫子其安意以接之，無恐。」予乃憬然而寤曰：「予知是人久矣。于安邑爲吾同門，於張、黄爲吾同志。今南詢百城以及我，予醯鷄也，其發吾覆也多矣。予其爲彌伽俗士乎？故當下座，於善財所散花供養，起立稱歎。若還昇本座，爲善財〔一六〕説法，則非所能也。予聞西域善財塔廟，於今現在，居人多唱善財歌辭。虞山城東亦有福城塔廟，予請爲丈夫唱善財歌，以代彌伽散花作禮，不亦可乎？」丈夫聞之，輾然而笑，踐席酌酒，唱和歌辭，再拜别去。而予篝燈拂紙〔一七〕，爲記其事。有學集卷五十

【校記】

〔一〕此文邃本、鄒鎡序本、金匱本有，亦收于文鈔補遺中。各本題有「七」字，金匱本無。〔二〕各本作「籙」，文鈔補遺作「録」。〔三〕各本作「蓋」，文鈔補遺作「居」。〔四〕各本有「一」字，文鈔補遺無。〔五〕各本有「闖然而入」四字，文鈔補遺無。〔六〕各本有「盈箱溢帙」四字，文鈔補遺無。〔七〕各本有「懸鏡一心」以下至「目眩銀海」一百零七字，文鈔補遺無，別作「穿穴四部。畢牘横縱，卷帙浩汗。余驟而閲之，耳嘈嘈然，目眩眩然」二十五字。〔八〕金匱本、文鈔補遺有「玉」字，邃本、鄒鎡序本脱。〔九〕文鈔補遺作「訣」，各本作「杖」。〔一〇〕金匱本、文鈔補遺有「爲」字，邃本、鄒鎡序本脱。〔一一〕文鈔補遺作「齊」，各本作「齋」。〔一二〕各本有「余爲之手戰頭暈口呿而不合也」十三字，文鈔補遺無。〔一三〕金匱本作「如入墨穴」，邃本作「似入墨穴」，鄒鎡序本作「以入墨穴」，文鈔補遺作「如遇幻師」。〔一四〕各本作「聯」，金匱本作「聰」。〔一五〕各本作「名」，文鈔補遺作「古」。〔一六〕各本作「爲善財」，文鈔補遺作「而爲」。〔一七〕金匱本、文鈔補遺作「紙」，邃本、鄒鎡序本作「經」。

題易箋〔一〕

文王明夷，則君可知矣。仲尼旅人，則世可知矣。故曰：「作易者其有憂患乎？」

闇齋先生遘喪亂之時，晚而好易。其于屯之初九、六二，復之上九，益之六三，既濟之六爻，極深而研幾，惘乎其有餘悲也，愀乎恤乎其猶〔二〕有餘思也。讀者觀而〔三〕玩之文王、仲尼之易，于明夷、屯、難之中，思過半矣。宋有謝石者，以拆字術忤權倖，編管山中。遇異人工斯術者，拜而問之。其人曰：「子以字爲字，吾以身爲字也。」余再蒙大難，思文明柔順之義，自名爲蒙叟。讀閻齋易箋，竊有謝石之愧焉。書以識之。壬辰夏五〔四〕。有學集卷五十

【校記】

〔一〕此文邃本、金匱本有，鄒鎡序本無。亦收于文鈔補遺中。本篇以下，除題李小有戒殺雞文一篇外，金匱本編爲第五十一卷，今併入卷五十。〔二〕金匱本、文鈔補遺作「猶」，邃本作「獨」。〔三〕金匱本、文鈔補遺作「而」，邃本作「者」。〔四〕文鈔補遺有末四字，邃本、金匱本無。

遵王絶句跋語〔一〕

斷句詩神情軒舉，與會絡繹，頗似陸魯望自遣三十首，殊非今人格調，良可喜也。多讀書，厚養氣，深造而自得之，如魯望所謂凌轢波濤，穿穴險固，卒造平淡而後已，吾有厚望焉。仲文之賦湘瑟，思公之繼玉臺，籛後風流，庶幾再覩。吾老矣，當泚筆以俟之。有學集卷五十

【校記】

〔一〕此文邃本、金匱本有，鄒鎡序本無。

題菊譜〔一〕

屈子云：「朝飲木蘭之墜露兮，夕餐秋菊之落英。」蓋其遭時鞠窮，衆芳蕪穢，不欲與雞鶩争食，餔糟啜醨，故以飲蘭餐菊自況。其懷沙抱石之志決矣〔二〕。悠悠千載，惟陶〔三〕翁知之。其詩曰：「秋菊有佳色，裛露掇其英。」飲酒、荆軻諸篇，撫己悼世，往往相發。曹子桓送菊鍾繇，謂「感時遲暮，謹送一束以助彭老之術」，此非知屈子者也。檇李呂翁天遺，性〔四〕好蒔菊，自謂有菊癖。述樹藝栽植之法，爲菊譜一卷。聞翁爲故相文懿公之後，避世牆東，製荷衣、戴籜冠，其斯世之〔五〕遺民，悠然在南山東籬之間者與？抑亦飲蘭餐菊，有靈均之志與？嗟乎！人世榮華勢燄，如風花烟草。昔時東陵侯，今爲種瓜人。故相之子孫〔六〕，于今爲庶。能以種菊自老，賢于金、張七葉多矣。他日訪呂翁之菊譜，安知不以爲青門之阡陌乎？

有學集卷五十

【校記】

〔一〕此文邃本、金匱本有，鄒鎡序本無。亦收于文鈔補遺中。〔二〕文鈔補遺有「決矣」二字，邃本、金匱本無。〔三〕金匱本、文鈔補遺作「陶」，邃本作「菊」。〔四〕金匱本、文鈔補遺作「性」，邃本作「惟」。〔五〕文鈔補遺有「之」字，邃本、金匱本無。〔六〕文鈔補遺有「孫」字，邃本、金匱本無。

題丁菡生自家話〔一〕

樊遲在洙、泗間，以從游善問稱。左氏記其與齊人戰三刻踰溝之事，蓋孔門高明廣大英偉之儒也。既而請學農圃，收斂其精華果鋭之氣象，歸于真實。夫子目爲小人，猶佛家之所謂小乘云爾〔二〕。而儒者以粗鄙近利訶之，豈不陋哉！陳述古好談禪，以東坡所言爲淺陋。坡語之曰：「公之所談〔三〕，譬之飲食，龍肉也。而僕之所學，猪肉也。公終日説龍肉，不若〔四〕僕之食猪肉，食〔五〕美而真〔六〕飽也。」今世學禪者，鏤〔七〕影劃空，金剛圈、栗棘蓬，葛藤滿紙。菡生自家話，近裏着己，語皆實際，豈時人所談，皆述古之龍肉，而菡生所學，乃東坡之猪肉耶？一以爲粗鄙，一以爲淺陋，下士聞道〔八〕大笑，彼以爲塵垢糠粃，而我則以爲妙道也。僧問趙州：「如何是玄中玄？」州云：「汝玄來多少時？」僧云：「玄之久矣。」州云：「若不是老僧，幾乎玄殺。」有具眼者，莫將菡生話頭蹉過，恐不如趙州僧玄殺，便終日坐飯籮邊餓殺也。有學集卷五十

【校記】

〔一〕此文邃本、金匱本有，鄒鎡序本無。亦收于文鈔補遺中。〔二〕文鈔補遺作「爾」，邃本、金匱本作「耳」。〔三〕邃本、文鈔補遺作「談」，金匱本作「言」。〔四〕邃本、金匱本作「若」，文鈔補遺作「如」。〔五〕邃本、金匱本作「食」，文鈔補遺作「實」。〔六〕邃本、金匱本作「真」，文鈔補遺作「中」。〔七〕邃本、金匱本作「鏤」，文鈔補遺作「鍊」。〔八〕邃本、文鈔補遺作「道」，金匱本作「之」。

題丁菡生藏余尺牘小册〔一〕

戊子歲，訟繫南都。從丁菡生借書，往返促數。菡生輯余手〔二〕簡，成二小册〔三〕。褾背裝褫，鄭重精緻。余既不工書，小簡語尤潦草，見之慚惶。便欲攫付水火，然深愧其意，縮恧而止。昔人言北宋諸老，書問修整，無一漫筆。獨王荆公不爾，觀其筆札，一往似忙迫時所爲。朱子譏之曰：「人生那得有如許忙時耶？」余文章名位，不能望荆公什一，獨此一病，彷佛相似。常舉以語人，輒爲一笑。老友程孟陽每正色曰：「荆公病痛弘多，此特其小小者，然亦不願兄效之也。」頃閲米元章書史云：「荆公少時書學楊凝式。元豐六年，始識公于鍾山，談及此。公大賞嘆，曰：無人知之。其後與余書簡，皆此等字。」方知荆公墨妙如此。余雖欲援公以自解免，其將能乎？令〔四〕孟陽而〔五〕在，亦將拊掌揶揄，笑前言之爲過計也〔六〕。

菡生寄册子索題，遂書〔七〕而歸之。囑其貯諸篋笥〔八〕，爲我藏拙，流傳家塾，存吾兩家故事。雖然，恐他時賢子弟，仍不免哄堂一笑耳。

余采本朝詩，數從〔九〕菡生借書。今詩集已行世，鴻儒鉅公，交口傳誦。雞林使人每從燕市購取。三百年風雅未墜于地，菡生有助焉。集中小傳，略具評騭。平心虚己，不敢任臆雌雄〔一〇〕，舉手〔一一〕上下。如王長公，桑梓先輩〔一二〕，童稚欽〔一三〕挹，所謂晚年定論〔一四〕者，皆取其遺文緒言，證明詮表，未嘗增潤一字。李空同之剽略，同時諸老，嘖有煩言，非吾樹的也。間有論著〔一五〕，排屛嚴羽〔一六〕、劉辰翁、高廷禮之儔，疏瀹源流，剪薙繆種，寸心得失，與古人質成于千載之上。聲塵迢然，與一二時流何與，而反唇相向乎？有夢與人搏而負者，旦而求敵于衢，日暮不得，飢疲而後反。斯人也，其將終尋夢中之搏乎？抑亦將日暮而反乎？吾知其不與同夢已矣〔一七〕。歐陽公，宋之大人君子也，作尹師魯墓誌，憤時人之譏評，盛氣怒色，見于文辭，有豈惜小子之言。余學佛人也。彼是兩行，如微風之過蕭，頷〔一八〕之而已。客方盱衡來告，而菡生以小簡索題，遂書其語以眎菡生。菡生笑〔一九〕不應，卷册子入袖而〔二〇〕去。有學集卷五十

【校記】

〔一〕此文邃本、金匱本有，鄒鎡序本無。亦收于文鈔補遺中。〔二〕邃本、金匱本作「手」，文

鈔補遺作「雜」。〔三〕邃本、金匱本作「册」，文鈔補遺作「帙」。〔四〕金匱本、文鈔補遺作「令」，邃本作「今」。〔五〕邃本、金匱本作「而」，文鈔補遺作「尚」。〔六〕文鈔補遺作「爲過計也」，邃本作「過計耳」，金匱本作「過許耳」。〔七〕文鈔補遺作「書」，邃本、金匱本作「喜」。〔八〕邃本、金匱本作「笥」，文鈔補遺作「衍」。〔九〕文鈔補遺「菡」字上有「丁」字，邃本、金匱本無。〔一〇〕邃本、金匱本作「雄」，文鈔補遺作「黄」。〔一一〕邃本、金匱本作「手」，文鈔補遺作「首」。〔一二〕邃本、金匱本作「輩」，文鈔補遺作「哲」。〔一三〕金匱本、文鈔補遺作「欽」，邃本作「時」。〔一四〕邃本、金匱本作「定論」，文鈔補遺作「論定」。〔一五〕邃本、金匱本作「著」，文鈔補遺作「者」。〔一六〕金匱本有「嚴羽」二字，文鈔補遺作「嚴羽卿」，邃本無。〔一七〕文鈔補遺作「已矣」，邃本、金匱本作「而已」。〔一八〕金匱本、文鈔補遺作「蕭頷」，邃本作「簫領」。〔一九〕文鈔補遺有「笑」字，邃本、金匱本無。〔二〇〕文鈔補遺有「而」字，邃本、金匱本無。

題李小有戒殺雞文〔一〕

山家村舍，客至無時。殺雞烹伏，用爲常供。不知雞之被殺者，宛轉沈痛，受諸苦惱，手提繩縛，無復出路，即鐵籠彌覆地獄。砧几割截，鸞刀細〔二〕臠，即刀山劍鐝地獄。撏毛剥翼，湯水煎沸，即鑊湯洋銅地獄。猛火燒炙，骨髓焦爛，即熱灰爐炭地獄。彼雖旁生毛羣羽族，神識受苦，與我何異？爾時賓主周旋，祝延酬勸，一談一笑，匕箸相向。豈知盤中之物，受如是無量苦惱耶？況坐中之客，豈無受持殺戒，權開五浄者。彼若不食，我彊之食。我既殺生，又破彼戒。彼戒既破，我業增重。又復我雖强彼食，彼終不食，彼不破戒。不爲我殺〔三〕，彼戒無損。我自以殺生强人破戒，我業增重。又若貪夫大嚼，饞口垂涎。鑿齒摩牙，撑腸拄腹。了無悲愍之心，但有饕餮之樂。惡業相成，招報牽引。愚人放箸而一笑，智者染指而痛心。是可忍也？不亦傷乎！廣仁居士，慈悲説法。聚沙蒙叟，讚嘆助緣。願我同人，共相戒勉。當知人生食羊，羊死爲人。人羊相食之果，佛語昭然；即雞蟲相啗之因，交報不爽。菜羹蔬食，吾儒自有素風；酌醴焚枯，古人傳爲佳話。守烹雞之一戒，廣戒殺之多門。今日之祝雞翁，即他劫之救魚長者。諸佛諸天，共相歡喜稱歎。豈獨小有斯文，能現廣長舌相哉？

乙未九月二十六日〔四〕。有學集卷五十

【校記】

〔一〕此文遼本、鄒鎡序本、金匱本俱有，亦收于文鈔補遺中。文鈔補遺題有「雞」字，各本無。

〔二〕金匱本作「細」，遼本、鄒鎡序本作「絇」，文鈔補遺作「緺」。〔三〕各本二句如此。文鈔補遺上句「戒」字在下句之末，不分作二句。〔四〕文鈔補遺有末八字，各本無。

書東坡延州吴季子贊後〔一〕

春秋：魯哀公十年冬，吴〔二〕延州季子救陳。杜氏注曰：「壽夢以襄十二年卒，至今七十七歲。壽夢卒，季子已能讓國，年當十五六。至今蓋九十餘。」蘇子亦曰：「能以讓國〔三〕聞于諸侯，則非童子。」考公羊傳：「季子同母者四人，季子弱而才，兄弟皆愛之，同欲立之以爲君。」古者二十曰弱冠，諸侯十五而冠。季子爲諸侯之子，當二十而冠。傳曰「弱而才」，則二十也。左傳：諸樊既除喪，讓位季札。吴人固立季札，遂棄其室而耕，乃舍之。」曰「棄其室而耕」，則既有室家，殆是壯年，非弱冠矣。季子讓國之年，定在二十以上。當救陳時，踰九望百。杜氏謂年十五六及九十餘，猶未核也。

公子光謀弑王僚，謂鱄〔四〕諸曰：「季子雖至，不吾廢也。」是季子之能廢立光也。季子謂光曰：「爾殺吾兄，我又殺爾。是兄弟父子相殺無已時也。」是季子之能殺光也。夫差阻兵上國，暴骨如莽。季子將兵出境，耑命罷兵。夫差不敢斥言誰何。季子非有所鯁避，蓋知其必亡而不諫也。蘇子謂「夫差不道，殺子胥如一皂隸，使季子畏而不敢言」，猶淺之乎視季子也。

蘇子考季子之〔五〕卒，不書於春秋，又謂其化去不死。春秋外大夫例不書卒，無可援據。

左氏傳記外大夫之卒詳矣。當哀公時，魯與吳師旅婚姻，聘問交錯。季子卒，當如陳莊子之訃魯，傳安得〔六〕不書。其不書，則未卒也。左氏叙事，信鬼而略仙。弦高仙去〔七〕不書，王子晉上賓不書，萇弘化碧不書，范蠡去越不書。吾謂季子退師之後，亡國之前，非遁去，即仙去，故左氏闕而不書也。或曰：「季子墓今在延陵，十字之碑，流傳金石，蘇子安得而蔽諸？」曰：「子信以爲神仙無墓耶？軒轅上升，穆滿登格，衣冠之藏，不具在耶？季子聘魯觀樂，在襄二十九年，孔子纔八歲。昭二十七年，聘于上國，適齊而長子死，葬於嬴博之間，孔子年三十八。去魯〔八〕適齊，往觀其葬，實惟此時。救陳之後六年，而孔子卒。六年之中，孔子終老洙、泗，未嘗適吴。彼十字碑者，誰題之而誰證之耶？庚子中秋□□日，謙益書□□〔九〕。有學集卷五十

【校記】

〔一〕此文金匱本有，邃本、鄒鎡序本無。亦收于邃漢齋刊印之有學集補遺中。　〔二〕金匱本有「吴」字，邃印補遺無。　〔三〕金匱本作「國讓」，邃印補遺作「讓國」。　〔四〕金匱本「鱄」下有「設」字，邃印補遺無。　〔五〕金匱本有「之」字，邃印補遺無。　〔六〕邃印補遺「得」字下有「與而」二字，金匱本無。　〔七〕金匱本作「去」，邃印補遺作「子」。　〔八〕金匱本作「魯」，邃印補遺作「晉」。　〔九〕金匱本有「庚子」以下文，邃印補遺無。

書黄正義扇〔一〕

三代以降，人才〔二〕莫盛于三國。三國之主，皆名士也。蘇子瞻每唾罵曹公，以爲視操如鬼。及其出官於黄，夜遊赤壁，則賦之曰：「釃酒臨江，横槊賦詩，此固一世之雄也。」蓋亦爲之嘅然太息，企慕以爲不可及。故曰：孫、劉相顯，曹公相隱。善相者至於發聲大哭。則三分割據，屬此三人。天下之人，皆能指而目之矣。有三主者鼎足而起，則其臣亦玄感而應之。讀三國名臣贊，吴、蜀之士殆與西〔三〕漢同風，非偶然也。

典午以後，宇宙之劈裂凡三，降而爲五胡，又降而爲五代。戎羯〔四〕盗賊，交竊神器。求其衣冠文物之似，不可得矣，而況於所謂名士者乎？耶律德光升殿會朝，語羣臣曰：「我亦人也，可勿懼。」言之可悲可憫，至此極矣。而禍所由來，則自世之無名士始。世無名士，則上無孫、劉之主，下無管、葛之佐。神州陸沉，而天地或〔五〕幾於熄矣。

余老廢歸於空門，願作不求名比丘，然未嘗不願斯世有名士也。餘姚黄子正義，忠端之孫，太沖之子，非聊爾人也。奉其父叔之命，過余而請益。余爲書所誦慕于三國者，以廣其志。辛丑六月二十日，虞山通家八十叟錢謙益贈言〔六〕。有學集卷五十

【校記】

〔一〕此文金匱本有，邃本、鄒鎡序本無。亦收于文鈔補遺、邃印有學集補遺中。文鈔補遺題「黄」誤作「王」。〔二〕金匱本、邃印補遺作「才」，文鈔補遺作「文」。〔三〕文鈔補遺作「西」，金匱本、邃印補遺作「兩」。〔四〕文鈔補遺、邃印補遺作「羯」，金匱本作「翟」。〔五〕金匱本、邃印補遺作「或」，文鈔補遺作「亦」。〔六〕邃印補遺有「辛丑」以下十九字，金匱本無，文鈔補遺有「辛丑六月二十日」七字，無「虞山」以下十二字。

書羅近溪記張賓事〔一〕

盱江羅汝芳雜記云：「關西康德涵扶乩下〔二〕神，神批云：『我張右侯也。』問：『右侯爲誰？』曰：『君不讀晉載記乎？我石氏輔張賓也。吾少有大志，自期佐真主、定天下。不幸失身僞朝，言聽計從，封爲右侯。自媿功名不如管、樂，每與横林子中夜嘆息，未嘗不涕泗横流也。』問：『横林子爲誰？』曰：『苻氏相王猛也。與吾並事虜〔三〕主，各負感憤，至今鬱鬱鬼録〔四〕。』」汝芳萬曆間大儒，所謂近谿先生者也。斯言得之同年王中丞，爲德涵鄉人。而申論之曰：「千載而下，豪傑尚抱終天之恨，吾儕幸生盛世，其可不勉？」當是時，欵塞互市，三垂晏然，不知近谿何爲而發此論？余竊怪之。

又常觀劉聰子約暴亡而蘇，言見元海於不周之山，經五日，從至崑崙，三日後還不周，見諸王公卿相死者悉在，宫室甚壯麗，號曰蒙珠離國。以賓、猛之靈爽，其殁也，豈無蒙珠離國可以棲托，而幽沉鬼録〔五〕若是憊歟？抑亦有其〔六〕地而不樂居，聰子以爲崑崙樂國，而彼自以爲幽都九關歟？抑亦諸人所居，亦有如所謂蒙珠離國者，自有國土，自有君臣，終不獲與華夏管、樂之儔，比肩陟降歟？不然，何其謀略展于當時，勛德著乎殊俗，而魂魄私恨無窮，歷百代未瞑〔七〕也。嗚呼！孟孫、景略，趙、魏之英。賓希子房，猛擬孔明。風高月滿，佐命告成。名飛八部，魂羈九京。失身羶湩〔八〕，遺恨丹青。載記悠悠，鬼録〔九〕冥冥。關塞月黑，風淒哭聲。約夢則妖，乩告有靈。近谿子之戒，其可不懲！有學集卷五十

【校記】

〔一〕此文金匱本有，邃本、鄒鎡序本無。亦收于文鈔補遺、邃印補遺中。〔二〕金匱本、文鈔補遺作「乩下」，邃印補遺作「下乩」。〔三〕邃印補遺作「虜」，金匱本、文鈔補遺作「僞」。〔四〕〔五〕〔九〕金匱本、文鈔補遺作「録」，邃印補遺作「籙」。〔六〕金匱本、文鈔補遺有「其」字，邃印補遺無。〔七〕文鈔補遺作「瞑」，金匱本、邃印補遺作「暝」。〔八〕邃印補遺作「湩」，金匱本、文鈔補遺作「潼」。

書捨田册子〔一〕

里中顧善士伯永，辛勤拮据，治生創業。家産不過數千金，而能捐捨三百畝歸諸招提，供佛及僧，爲懺罪植福之計。斯可謂甚難希有者矣。昔者西天戒日王，積集財寶，於兩河間立大會場，五年一大施。已成五會，欲作第六會，請玄奘大師隨喜。會成，踴躍歡喜，合掌告法師曰：「某積此財寶，常懼不入堅牢之藏。今得貯福田中，可謂入藏矣。」逝〔二〕多太子曰：「佛爲福田，宜植善種。」今善士施田三百畝，一錐一粒，皆堅牢入藏中。又以此田爲子孫植善根，即子孫之福田也。由此觀之，世之擁帑藏，據膏腴，不肯發心布施者，斯真〔三〕窶人窮子，身無半分，家無寸土，又率其子孫，生生世世爲窶人窮子者也。吾于斯舉，深爲善〔四〕士慶，又深爲善〔五〕士之子孫慶也。有學集卷五十

【校記】

〔一〕此文金匱本有，邃本、鄒鎡序本無。亦收于文鈔補遺、邃印有學集補遺中。〔二〕金匱本、文鈔補遺作「逝」，邃印補遺作「遊」。〔三〕金匱本、文鈔補遺作「真」，邃印補遺作「直」。〔四〕〔五〕金匱本、文鈔補遺作「善」，邃印補遺作「居」。

絳雲樓題跋卷十

書修建聚奎塔院殿宇緣起後〔一〕

吾邑聚奎塔之建創，始於故觀察蕭公。天啓中，余以宫僚里居，有感於里人戴老承護法神示現付囑之事，遂與稼軒留守應緣唱導。邦君大夫以暨邑紳，咸協力佽助，而潰於成。落成之後，世運陽九。俄而滄桑變易，干戈俶擾，塔院香火，僅餘粥飯殘僧，莫克肩營造之役。堂殿之基址徒存，伽藍之規模不立。席扉蓬户，梵唄荒涼。板屋衡門，僧徒漂寄。雀離浮圖，干雲孤起。高檐積栱，樹網雲旛，與風鈴替戾之聲，晨夕應和而已。大都護關西楊公，以元戎休沐，寓居茲邑。瞻禮塔院，周視廊廡。循覽廢興，徘徊太息，會長干大報恩寺刻藏法主松影和尚，仗緣駐錫，講演楞嚴，妙義弘宣，四衆歙集。都護公頓悟夙因，弘思佛囑，遂慨然以締構殿堂，了畢塔院焉己任。公之賓友余君心生及舊部將劉君集之共禮佛發願，誓竭乃心力，相助勝緣。公自爲文以唱導，相地命工，既有日矣。

余考内典，阿育王取世尊舍利造塔，勅諸鬼神於閻浮提至海際城邑聚落，滿一億家者，爲世尊立塔。凡窣堵波所在，必有伽藍梵刹，莊嚴表示。阿育王取金華金旛，懸諸刹上。塔寺低昂，未有浮圖孤起，而不用刹摩標表者也。此世界一切衆生，沉淪五濁，輪迴六道，三災八難，相挻而起，受諸無量苦惱，皆一念貪瞋熾然，爲之種子。佛言三災起時，閻浮提中一切國土，遭大疾疫饑饉，起大甲兵，一切鬼神，起瞋惡心，損害世人，壽命短促。所可資食，稊稗爲上。人髪衣服，以爲第一。父母兒子兄弟眷屬，互相鬬諍。瓦石刀仗，互相怖畏。劫末七日，手執草木，即成刀兵。三災劫盡時，有一人合集閻浮提男女，惟餘一萬，留爲當來人種。惟此萬人，能持善行，諸善鬼神，擁護是人，欲令人種不斷絶也。由此觀之，衆生一念貪殺，即是三災劫因。一念善行，即是當來人種。我佛大慈，哀愍勸誘末世衆生，修造塔寺，營建伽藍，供佛供僧，捨財捨業，以布施破貪，以慈悲破殺，庶幾三毒銷薄，五福增長。當來爲善鬼神護持，不爲惡鬼神吞噉。經言後劫火起時，曾作伽藍所，不爲火焚。又言塗掃佛僧地造僧塔，如母指常生歡喜心，不爲三災所動。如來無戲論，寧有虛詞誑惑衆生哉？

十年以來，刀兵劫熾。海内流血成川，暴骨滿野。吾邑廬井無恙，生聚日蕃，豈非仗我佛菩薩慈光加被，塔院中天龍八部，冥感陰護之力？劫數甫定，惡業煩興。家藏衷甲，人懷腹劍。慳貪滋甚，殺盜交作。惡强善弱，福往業留。具天眼者，豈能無沈灰驟雨之虞哉？都護公之唱斯緣也，仗佛慈，挽劫運，爲合邑銷業種，爲衆生植善根。其願力甚深，其機緣甚切。觀音大士三十二應，應以天大將軍身得度者，即現天大將軍身而爲説法。公豈非夙受佛勅，現身説法者耶？是舉也。塵沙諸佛，於相輪光中，同聲讚歎。凡我善信，踴躍歡喜。兜率天宫，下移人世，在刹那間耳。余敬合掌以俟之。歲在甲午，四月十有三日，邑人聚沙居士蒙叟錢謙益熏沐再拜謹書。牧齋外集卷二

【校記】

〔一〕此文與卷十六所收聚奎塔院新建大雄寶殿碑銘，内容大致相同，「余考内典」以下文字，則此文詳而彼較簡彼文已收於文集補遺卷下，可互參。此處不出校記。

古源上人募緣引

古源上人，以英靈漢子，厭離世俗。一旦鬚眉自落，袈裟着身。堅持木叉，備頭陀行。青蓮出於汙泥，良可嘉嘆。今掛錫虞山拂水之西結草菴中。偕一二衲子，日中一餐，將篾束肚皮過日。思鶉鳩苦行，請指拾齋，不可持久，又不欲爲上下仰口食以犯净戒。發願廣告善信，置田爲菴中常住，上以香華供佛，下以齏塩供僧。分衛不煩，鐘魚多暇。庶可以晝夜六時，誦經念佛，修習静觀。其志願良可嘉尚，而所求不奢。緇白四衆，但肯發心，便是祇樹林中佈金長者。我知福不唐捐，應之如響矣。牧齋外集卷二十一

書朱漳浦贈言卷後

此吾邑東可朱公主漳浦簿，而鄉先生送行之詩若文也。朱公力學修行，數躓鎖院，垂老折腰一官。故嚴文靖、瞿文懿之文，咨嗟太息，至今有餘慨焉。然文靖於文懿爲詞館前輩，文懿甲辰登第，文靖又爲對房經師。而文懿以齒踞上坐，投刺不少孫。乃其送朱公文，署名稱侍教，不敢以行輩交。前輩于鄉曲，序德尚年，不以官閥重輕若此。雖然，亦足以知朱公矣。余又觀楊憲副夢羽送公詩云：「一官牢落文章在，三策周詳筆硯同。」其自注云：「儀在場屋，第三策問，多得之朱君。儀以是科得舉。」夢羽自負博雅，口多微詞，前輩中稍稱佻達者矣。今世小生，竄竊人文字，墨汁未乾，即誇詡爲手筆，或反唇詢之，視夢羽何如哉？因讀朱公卷有感，爲表而出之。牧齋外集卷二十五

南北記事題辭

予讀參藩富平石公南北記事，蓋喟然而嘆曰：「甚矣！斯世之未嘗無才，而人才之表見於斯世者，誠不可掩也。」

公以關中一豪傑，間世挺生。其文章聲氣，可以通車箱之路，蹠巨靈之掌。久次中翰，

踐更外藩。不以錢穀爲瑣科，不以簿書爲俗務。治兵於北，理漕於南。以兼人之器，應八面之鋒。劈肌分理，所至治辦。今其奏議文稿具在，沈幾先物，會文切理，若弈秋之當局，若秦越人之見垣。箕風畢雨，燕函越鎛，遊刃發硎，駕輕就熟。世之老於謀國，熟於吏事者，鉗口斂手，未能或之先也。故曰斯世未嘗無才。

然而公之才固有本焉。公一行作吏，受命飲冰。朝兢夕惕，凜凜然以不負百姓、不愧鬼神爲先務。以是故，幹辦日新，才諝富有。而夙夜匪懈，痌瘝在躬，其處心積慮，益淵塞而不稍懈。公之所以居其才而善用之者，誠爲之本也。諺有之：「男子佩蘭，美而不芳。繼子得食，肥而不澤。」言誠之不可掩也。世之能人，以有才自命者多矣。無誠心以爲之柢，其才智旁見側出，如燈之在風中，閃爍不定，膏盡炷滅，而其光亦與之俱盡矣。世人之才智，風中之燈也。石公之才智，室中之燈也。吾故曰：人才之表見于世，有不可掩者，有爲之本者也。

余初登第，謁見冢宰立山孫公。公謬以余爲可教，執手訓迪，以古名宰相相期許。去今五十年，頤頷如虎，淵停嶽峙，古名臣鉅公氣象，宛在目中。石公，孫公之周親也。惟桑與梓，風流緜邈，竊有中郎虎賁之思焉。讀其記事，居今思古，聊書數語於簡端。知我者謂我心憂，三秦之君子，亦或爲之三嘆也夫！牧齋外集卷二十五

題曹能始壽林茂之六十序

余與能始宦途不相值，晚年郵筒促數，相與託末契焉。然予竟未識能始爲何如人也。今年來白下，重逢茂之，劇談能始生平，想見其眉目嚬笑，顯顯然如在吾目中，竊自幸始識能始也。頃復見能始所製壽序，則不獨茂之之生平歷歷可指，而兩人之眉目嚬笑，又皆宛然在尺幅中。天下有真朋友，有真性情，乃有真文字。世人安得而知之。余往刻初學集，能始爲作序。能始不多見予詩文，而想像爲之，雖繆相推與，其辭藐藐云爾。讀此文，益自恨交能始之晚也。雖然，能始爲全人以去，三年之後，其藏血已化碧。而予也，楚囚越吟，連蹇不即死。予之眉目嚬笑，臨流攬鏡，往往自憎自嘆，輒欲引而去之。而猶悵快能始知予之淺也，不亦愚而可笑哉！戊子秋盡，虞山錢謙益撰于秦淮頌繫之所。牧齋外集卷二十五

題南雲集

大慧禪師嘗云：「予雖學佛者，然愛君憂國之念，與忠義士大夫等。」紫柏老人讀李江州傳，涕淚交下。侍僧有不哭者，便欲推墮萬丈深坑中。予觀楚南雲行者，破衲如敗芭蕉葉，悠悠忽忽，不顛不狂，其爲詩，深幽古淡，寄託迢然。忠義之氣，蟠結於筆端，如欲噴薄而出。

其亦今世之徑山、紫柏與？南雲自此將卜隱深山，一瓢一拂，在折脚鐺邊過活。其入道益深，其詩句當益佳。後有好事者如閭丘太守，於巉巖絶壁上，採録繕寫，又當與寒山、拾得竝傳，雖大慧老人，亦莫得而□之也。戊戌仲冬日，虞山俗衲謙益題。牧齋外集卷二十五

題鈔本元微之集後

微之集，舊得楊君謙抄本，行間多空字。後得宋刻本，吴中張子昭所藏，始知楊氏鈔空字，皆宋本歲久漫滅處，君謙仍其舊而不敢益也。嘉靖壬子，東吴董氏用宋本翻雕，行款如一，獨於其空闕字樣，皆妄以己意揣摩填補。如首行「山中思歸樂」，原空二字，妄補云「我作思歸樂」，文義違背，殊不可通。此本流傳日廣，後人雖患其譌，而無從是正，良可嘅也。亂後，予在燕都，於城南廢殿，得元集殘本，向所闕誤，一一完好。暇日援筆改正，豁然如翳之去目，霍然如疥之失體。微之之集，殘闕四百餘年，而一旦復完。寶玉大弓，其猶有歸魯之徵乎？著雍困敦之歲，臯月廿七日，東吴蒙叟識於臨頓里之寓舍。牧齋外集卷二十五

題毛黼季所藏定武蘭亭

長安兵火後，有豎子以稻草爲標，持宋刻蘭亭三十餘紙求售，胡井研以三十錢易之，乃

游丞相家經進本也。余攘得四紙，裝潢携歸，燼於絳雲之火。聞其存者，亦散落無幾矣。見此本，憮然有故劍之感。善本良不易得，毛子其珍惜之！謙益記。牧齋外集卷二十五

題毛黼季麻姑仙壇記

予所見麻姑仙壇記，惟汪仲淹、婁子柔二本最佳。今並此而三矣。亂後見此，如對故人，爲之嘆息。己亥余月望日。牧齋外集卷二十五

李笠翁傳奇戲題

笠翁傳奇，前後數十種，横見側出，徵材於水滸，按節於雍熙。金瓶無所鬬其淫哇，而玉茗不能窮其繆巧。宋耶元耶？詞耶曲耶？吾無得而論之者矣。有讀笠翁傳奇，始而疑，繼而眩，終而狂易却走。余爲解之曰：「子未讀山海經乎？『東海之外，大荒之中，有山名曰大言。有大人之市，名曰大人之堂。』郭弘農曰：『山形如堂宇耳。大人時集其上，作市肆也。』經又曰：『有一人踆其上，張其兩耳。』由今觀之，大言之國，不知其所言何事，要必非蹄涔之遊，醬蒼之集也。有大人者張耳以爲市，又有一大人者張兩耳而聽之。言者與聽者，斯可謂兩相當矣。今子聽笠翁之傳奇，在此國土中，以爲大言，驚而相告。不知笠翁之兩耳可以爲

市，而子以徑寸之耳輪，傾側而聽之，雖欲不駭眩却走，烏乎可？」笠翁聞而笑曰：「漁也誠無辭于大言矣。踆于大人之堂，張耳而聽之者，非夫子其誰？請書之以告世之爲耳市者。」辛丑夏日，虞山錢謙益書于杭城之適軒。牧齋外集卷二十五

書馮留仙和和陶詩後

子瞻以英聲直節，播遷嶺海，乃作和陶詩。留仙保全東南善類，觸迕權臣，謫官左臣，作和和陶詩。感時危，憂國蹙，風塵行役，杯酒淋漓，長歌浩歎，申寫胸臆。此留仙之和和陶詩也。留仙長身山立，樂易軒豁，酒酣執杯持耳，詼笑雜出。語及小人誤國，四郊多壘，頭毛植立，聲淚俱下。二十年來，陵谷遷移，人才遒盡，吾眼中豈復見此忠誠奇偉之男子乎？淵明詠荊軻曰：「其人雖已歿，千載有餘情。」吾於留仙亦云。牧齋外集卷二十五

書邵北虞築城議後

世廟年間，倭寇内訌。瀕海諸邦，蹂踐無寧宇。吾邑蒼野王公殉身禦難，城倖以全。是城也，人知守之維艱，不知末城之先，經畫指定，鑿鑿不刊，實北虞先生爲之倡也。其議豎論弘卓，形勢詳明，洵足爲當事者之鑑。嗚呼！世之俎豆先生，百有餘年矣。童蒙者師其文，

表德者高其品。而此屹然如帶，捍災禦患，以至于今，不尤可尸而祝哉？先生老於公車，未嘗建立於天下。使當日身膺大任，發揮事業，其有裨於斯世斯民，必不託諸空言已也。噫！太歲玄黓攝提格之壯月，蒙叟錢謙益題。牧齋外集卷二十五

書楊九皋梅花百詠後

學道之人，嗣如來之法，補處祖位，須有三朝天子福，八代狀元材，中峯大師其人也。梅花百詠，自昔有和者，盍各言志，亦隨其所得耳。重其過持楊子九皋詩示予，且云年始髫歲。噫！九皋才子，不和林君復八梅，乃和中峯百詠。其宿生慧業，當與諸老宿有文字緣。予老而棲心釋典，猶汨汨故紙中，於九皋之詩，三復不能已已。中峯之才，於九皋何如邪？拾得子云：「我詩亦是詩，他人喚作偈。」九皋偈邪詩邪？真應喚作詩矣。與中峯果有異同否？請明眼人辨之。牧齋外集卷二十五

題陸定爾明詩集句

定爾集唐詩句成編，予喜而爲之序。今見其集明詩，句益奇。蓋有明三百年之詩，分門立墠，未有定論。其中識見通別，才力强弱，阡陌委曲。雖作者有不自知。而定爾能撮署標

舉，淘汰其雜糅，而刺取其精英。其大指則存乎發揮性命，申寫物狀，么絃孤桐，取裁天律，而盡刊煩囂怒張，剽略補綴之詞。一二幽人韻士，詞林罕知其氏名，一經揀擇，眉目咳唾，隱見於行墨之間，如與述作同遊者。予嘗戲語吾兒：「定爾於明詩，豈如摩醯首羅天、大龍王降雨，皆能識其滴數者耶？不然，何其總持玄會，一至於此也？」邇者中原諸才子，競嗜古學，漢、魏、三唐之詩，臚列簡牘，字句蒐攗，列如五都列肆，亦可謂勤古者矣。若以標解舉要，領畧於文句之外，則集古不若集句之爲近也。吾老矣，不復措意此道。吾黨有人，望古遥集，豈有意爲斯世之針藥乎？屬吾兒傳示定爾，姑秘吾言，世當有過而問焉者。牧齋外集卷二十五

題二葉子詩

覽二子之詩，既蕙質而蘭心，復金聲而玉振。標舉性情，師法風雅。百年以來，頹風俗學，無片言隻字，點染其筆端。豈非天姿絶出、兼有家學淵源而能若是乎？深心勉學，重積厚發，以必及古人爲期，而無以能越今人爲喜。雙龍兩鳳，踵機、雲之清塵，吾有厚望矣。戊子三月，牧齋老人題。牧齋外集卷二十五

題張善士墨書華嚴經後

華嚴大經，經中之王。受持讀誦書寫，是功德無量無數無邊。往吾友崑山王提學淑士、嘉定李孝廉長蘅，皆發願寫華嚴經。淑士臨終正定，耳中聞天樂來迎。歿後亦數見生天之兆。嘉定人有入冥者，見沈公路在善趣中，問曾見長蘅否？沈答曰：「長蘅寫經，功德高大，吾輩安得見之？」予亦夢長蘅告曰：「吾寫經功德，受用不可訾省。此中專設一官，爲我典守。」此二事皆予所灼知者。以是知傳記所載盥水拯蟲蟻，一偈破地獄，皆是實理實事，如語不誑語也。張善士發大願心，寫是經，一字一畫中，種種具足。若謂但是書寫流通，須更踏向上關頭，作如是合頭語，於華嚴法界觀門，尚未夢見在。庚子七月，海印弟子錢謙益合十敬題。牧齋外集卷二十五

題檀園墨戲册

悠悠世事，一切擺落。惟故人如孟陽、長蘅，時時入夢想中。去歲泊西湖，有懷二君詩云：「佛燈官燭古珠宫，二十年前兩寓公。畫筆空濛山過雨，詩情澹蕩水微風。斷橋春早波吹緑，靈隱秋深葉染紅。白鶴即看城郭是，歸來華表莫匆匆。」山僧遺老，猶及見二君者，讀

予詩，咸爲嘆息。今年冬，子羽持長蘅畫册索題。余方緐閲首楞，未遑著語，遂書此詩於後。倘如吾詩落句，華表歸來，安知不拈伽陀中語，却來觀世間，猶如夢中事，相與破顔一笑也。辛卯陽月蒙叟錢謙益書。牧齋外集卷二十五

題沈石天浣花閒話

絳雲一炬，萬卷成灰。並腹笥中西瓜大十許字，亦被六丁收去。此中空無所有，便作結繩以前人矣。且病眩經年，又如兒女子守閨閾，不得空濶一步。灰燼之餘，巢棲樹宿，並無少文壁染神山水。膠蝸凍蠅，目光如許。生人之趣，於我何有哉？讀遊輪曼記，而喜可知。朗衢從兩浙言歸，凡遇片石之靈，一壑之奇，以至谼崖窅谷，彪猿之所嘯據，樵鐮之所不入。衢必詩傳其神，文繡其骨，愈險愈快，不下青柯之淚，至諠夷光而遘止後身，參桐君而盤桓流裔，吏逢尹喜，傾倒玄詮，僧訪道明，諮商國事，適志觴詠，娱情絲竹，名花獻笑，山鳥贈言，朗翁不惜泚青鏤管收之。第不忍過謝氏西臺竹如意擊石處，僅向莊韻樓一襦袂耳。

於戲！世多凡才，不得不逃之於仙。世多鬼才，不得不趣之於聖。朗翁骨有九還之采，胸藏五色之珠。迅口信筆，出入玄化。蓋飄飄乎其欲仙，洞洞乎其將聖也與？予一夕而味象名山，移情老宿。既窺瑶輪之秘，奚須萬卷；悟寶笈之旨，兼空四大。予瘳矣，予無復有

言矣！辛卯餘月，蒙叟謙益書於絳雲餘燼處。牧齋外集卷二十五

德馨齋稿題辭

富貴家子弟，能不藉祖父勢焰，鮮衣怒馬，豪舉鄉曲閒，束修自勵，不隤其家聲，斯已難矣。若其好學篤志，深思天人之際，標舉古昔格言遺行，以警浮生而誡惛俗者，則尤難之難也。里中陸子善長，蔭藉高華，而修韋布君子之行，著書數篇，有薙淫戒殺醒貪之目，蓋率循儒門三戒、佛門五戒，而歸宗於太上感應篇。其意誠而篤，其詞麗而切，可以銘諸盤盂，徇之道路，其在斯世，豈非優曇盋華不見者與？余讀詩抑之篇，古人解不愧屋漏曰：「言屋漏之處，若有人居之，無謂無見我者，神見汝矣。」晁文元公引之，以證中庸慎獨之義，其言最爲明切。使世之人皆知屋漏有鬼神，則一切貪淫破戒負心倍理之事，不待刑辟而自寡矣。聊爲拈此，以助善長救世之百一云。同里東澗遺老年家友生錢謙益書於榮木樓下。牧齋外集卷二十五

題袁母二序後

余中年始少知學古，竊聞先生長者之緒言，筆力虺隤，舊學荒落，偶一省記，如啞子作

夢，口不能言，旋即忘之矣。頃在吳門，獲見松江王玠右、長洲陳鶴客贈袁母二序，繙閲一過，劃然心開。作者之骨力老蒼，與其意匠經營，不失古人寸度，阡陌曲折，蓋舉目而得之。西京記言太上皇遊新豐，見其雞犬，皆識衢路。余讀二子文，髣髴類此。二子才力雄健，掉鞅詞林，薙翦稂莠，殆將如齊桓公北伐山戎，懸車束馬，剃令支，斬孤竹。而余以創殘疲駑，得自比于老馬之識道，顧不幸與？甲午十月，虞山蒙叟謙益題。牧齋外集卷二十五

書李爾承詩後

吾友李貫之有才子奕茂，字爾承，胚胎前光，讀書好古，不得志於場屋，則入貲爲大鴻臚屬，思以修途自奮。椓人亂政，其從弟次見與姑之夫繆文貞公相繼被急徵。鉤黨促數，飲章牽連，遂請急免歸。不幸先貫之以歿，其子汝集刻其遺詩若干首，余讀而嘆焉。貫之晚與余定交，爾承奉手摳衣，執弟子禮甚謹。閩人有陳鴻節者，善詞賦，獨身遊長干，喪其資斧，病卧不能起。爾承載與俱歸，連牀拂席，躬身診視。病愈，治裝遺歸。陳生泣語余：「非爾承，殆不能生。」以此知爾承蕩儻蘊藉，輕死重氣，非獨悛悛退讓君子也。薄宦憂時，歎惋時政，每思奮臂出其間。念有父不可，呼憤邑鬱，發病以死。蓋其生平處君臣父子朋友之間，皆有可觀，亦貫之方聞好修流風。今其子復能束修自勵，表章先世之遺文，李氏有人矣。昔梁湘

東嘗言：「記載忠臣孝子遺言善行，當以金銀管書之。」爾承之詩，讀者當用此例，勿以雕蟲篆刻求之可也。牧齋外集卷二十五

題王德操詩卷跋語

德操丈七十生子，羈貫成童。哀其生平所得名人勝流贈遺寄示之作，裝潢成卷，以當萬金之詒，而屬余爲之題識。偶未及點筆，此卷留篋衍中，已十年所，德操墓木拱矣。今年六月，子晉携其子僧祐來見，嶷然玉立，有成人之姿。余悲德操之不可作，而喜其有子也，出是卷於藏弆，亟題而歸之。喪亂以來，余所畜法書名畫，一一蕩爲劫灰。不知是卷何以獨存？豈非德操有靈，能致鬼神護訶，以遺其子孫邪？江左青箱，故是王氏世業。淌其慎守之，使烏衣、馬糞，後世傳爲美談，庶不虚德操弓冶之望也。己丑六月三日，虞山蒙叟謙益書於絳雲樓下。牧齋外集卷二十五

爲沈石天題高士册

於陵仲子　兄爲炎相，不如李螬。朝野多机，不如桔槔。

柳城君　葺柳百城，南面不易。搶身入圖，呼之不出。

老萊子妻　我戟子佩，榮必有辱。鳥殘毳餘，永矢弗谷。

桐君　指桐自稱，賣藥取醉。真人息深，投水齁睡。

道明尊宿　織屨養母，大者退賊。心城内攻，世何不識？

子雲先生　草玄避世，深心抽嘖。童子無知，等于蓼習。

譚化之　齁咍囊中，别有天地。笑問書存，漁也同類。

司空圖　裂月撑霆，驚人一鳴。槁死空谷，了爾平生。

船子和尚　豎起槳子，討箇下落。不愁風波，平地作惡。

謝皋羽　西臺淚竭，竹如意碎。爲知己死，舉世有媿。

鄭所南　死心心史，史成可死。死在天上，生在井底。

沈遴士　身隱織簾，意則遐託。胤亦有人，埋光傭作。牧齋外集卷二十五

題鄧肯堂勸酒歌

東坡自言飲酒終日，不過五合，而謂天下之好飲，無在予上者。後人掇拾東坡全集，以王無功醉鄉記羼入其中，豈非以東坡慨慕東皋，庶幾友其人于千載，其妙于酒德，有相似者與？余酒户畧似東坡，頃又以病耳戒酒。讀肯堂詩，浩浩然，落落然，如與劉伶、畢卓輩執盃

持耳，拍浮酒池中也。他時有編余詩者，將此首編入集中，余方醉眼模糊，仰天一笑，安知其非余作也。牧齋外集卷二十五

爲鄧肯堂跋丹井詩

吾鄉自桑民懌後，作詩者以沿襲冗長爲能。嘉靖中，鄧文度獨肆志古學，規摹昌黎，長篇突兀奇崛。余固度衆而亟録之。肯堂此作，叙致宏碩，得其家風。時調靡靡，日趨萎弱，我深望子後文度一振起之也。牧齋外集卷二十五

絳雲樓題跋卷十一

夢禪詠序〔一〕

今人多好言詩，而鮮有以詩名僧者，此亦詩之幸也。長公云：「雄豪而妙苦而腴，惟有琴聰與密殊。」則世之豪而不妙，苦而不腴者，均無當於詩之義，而況於僧乎？夢父上人，挾其詩以來吳，今又挾其詩以歸楚。夢公之詩不盡是，而吳與楚不可不稱爲詩國。昔所〔二〕聞而來，今所〔三〕見而歸。軍持梵筴之間，十餘年之領畧多矣。亦有會於妙且腴者乎？韓昌黎世之所謂不愛禪者也。然其送皇甫靈詩篇中，備述圍棋六博，飲酒嘲諧，高唱清緜之致，而終之以「方將斂之道，且欲冠其顛」，雖〔四〕謂之不愛禪，不可謂不愛靈也。夢公既以詩名，盍於兩公言參之，將有進於遊者。其於詩，當更未可量，且存是爲他日把晤券可也。有學集文鈔補遺

【校記】

〔一〕此文亦收於外集卷二十五，題作「題夢禪吟」。〔二〕〔三〕外集作「者」。〔四〕外集「雖」上有「韓公」二字。

題張子石湘遊篇小引〔一〕

孟陽晚年，歸心禪説，作絙雲詩數十章，蟬媛不休。至今巡留余藏識中。夢迴燈炧，影現心口間。人生斯世，情之一字，熏神染骨，不唯自累，又足以累人乃爾！頃見子石湘游諸詩，風神氣韻，居然孟陽，卻恨孟陽已逝，不獲摇頭拊髀，共爲吟賞。余讀此詩，感嘆宿草，不復向明月清風，閒思往事，亦少有助於道心也。嘉平廿日，蒙叟謙益題。有學集文鈔補遺

【校記】

〔一〕此文亦收於文集補遺卷上、外集卷二十五。

吴門泰徵袁翁遺稿小引〔一〕

此吴人袁應詔泰徵之遺詩也。泰徵少負淵敏，讀書厲行。遭時轗軻，不能變奇成偶，而浮湛酒人以死。死之日，遺孤駿甫三歲，今乃能食貧奉母，爲白華之孝子，而又能於蟲乾魚蠹之餘，採輯其父之遺詩，以傳於世。人皆曰：「泰徵幸哉有子也！」

余録皇朝詩集，吴中名卿碩輔，高文大册，勒金石而徵琬琰者，往往多有闕遺。而老師

宿儒，小生婦女〔二〕，兔園之殘册，蠟車之故紙，蒐羅訪求，不遺餘力。余讀泰徵之遺詩，爲三嘆焉。昔者梁元帝著書紀述，忠孝全者，用金管書之，德行清粹者，用銀管〔三〕書之，文章贍麗者，則以斑竹管〔四〕書之。今泰徵之詩，既可以傳，而又得孝子以傳。世有湘東王，我知必以金銀管從事焉。或者不達，而比量文詞，繩以斑竹之例，則亦末之乎其爲論矣。戊戌季秋，虞山蒙叟錢謙益拜撰〔五〕。有學集文鈔補遺

【校記】

〔一〕此文亦收於外集卷二十五。〔二〕外集作「孺」。〔三〕外集作「管」，文鈔補遺作「筆」。〔四〕外集有「管」字，文鈔補遺無。〔五〕外集無「戊戌」以下十三字。

題吴門吟社雅集小引〔一〕

晦木偕蘭生薄游吴下，進恥脱粟之食，退羞彈鋏之歌。重其、偉楚、又王諸君，杯酒留連，倡和成卷。芝蕙之嘆依然，縞紵〔二〕之風不替。詩可以興，豈不信夫！淵明停雲之詩，思親友也，而有「八表同昏」之語。楚人曰：「登山臨水兮送將歸。」豈徒悵望於凛秋乎〔三〕？讀之淒然有秋風茅屋之感，遂題而歸之。己亥三月九日，虞山蒙叟錢謙益書於紅豆之村莊〔四〕。有學集文鈔補遺

【校記】

〔一〕此文亦收於文集補遺卷上、外集卷二十五。文集補遺「雅」作「雜」。〔二〕文集補遺、外集作「縞紵」，文鈔補遺作「紵縞」。〔三〕文集補遺作「兮」。〔四〕文集補遺無「虞山蒙叟錢」「書於紅豆之村莊」十二字，「益」下有「題」字。外集無「謙益」「於紅豆之村莊」八字。

爲吴潘二子徵書引〔一〕

謙益白：益〔二〕往者濫塵史局，竊有意昭代編年之事，事多牴牾勿就。中遭廢棄，日夕楗户，薈蕞所輯事畧，頗可觀覽。天不悔禍，絳雲一炬，靡有孑遺。居恒忽忽，念澥〔三〕內甚大，何無一人可屬此事者？近得松陵吴子赤溟、潘子力田，奮然有明史記之役，所爲本紀、書、表、世家、列傳，一倣龍門。取材甚富，論斷甚覈〔四〕。史家三長，二子蓋不多讓。數過予索燼餘，及訊往時見聞。予老矣，耳聵目眊，無以佐二子。然私心幸二子旦夕成書，得一寓目。又懼二子以速成自愉快，與市肆所列諸書無大異也。乃二子不要名，不嗜利，不慕勢，不附黨，自矢必成，而不求速，曰：「終身以之。」然則此事舍二子其又誰屬？

予因思澥〔五〕內藏書諸家，及與二子〔六〕講世好者，不能一一記憶，要之，此書成，自關千秋不朽計，使各出所撰著及家藏本授之二子，二子必不肯攘善且忘大德也。敢代二子，佈告

同人，幸無以老耄而憖遺我，幸甚！幸甚！虞山老人錢謙益載頓首。有學集文鈔補遺

【校記】

〔一〕此文亦見於牧齋外集卷第七，題作修史小引。〔二〕「益」，原作「蓋」，修史小引作「益」。

〔三〕〔五〕修史小引作「澥」。〔四〕修史小引作「嚴」。〔六〕「二子」，原作「予」，修史小引作「二子」，義較勝。

雪堂選集題辭〔一〕

雪堂之集行，余既爲文弁其首。其門人吉公司李致師命以請曰：「詩文之道，作必有爲，美斯可傳。請精擇其尤者以垂於後。楊用修之於〔二〕張念先、朱子价，例可引也。」余受命唯唯，稍爲詮擇〔三〕，得如〔四〕干卷，而復書其後曰：古今之詩，總萃於唐，而暢遂〔五〕於宋，至金、元則靡矣。眉山横從含負，無所不有，得杜之大而變。西江則稱〔六〕少陵爲初〔七〕祖，自命真子。火傳燈續矣，然其風神氣韻，去唐少遠。金、元之詩，氾濫元、白，雜出中、晚，然〔八〕其風神氣韻，去唐反近。本朝之詩亦然。西涯之詳諦安雅，弭節於元和，去唐近也。空同已後，槎牙奡兀，佈鵠於少陵，去唐彌遠也。雪堂之詩，意匠鬱陶，興會森發，未嘗不取材三唐，而於金人趙閑閑〔九〕、元裕之諸家，尤博採而深造焉。要以陶冶性情，籠挫物變，鉤索唐人之

精髓，而不復規模形似，斯其所以足傳也。昔者吾友程孟陽，講求唐詩，妙於析骨析肉，離形得髓。晚年盛談中州、麓堂，以爲學唐者由此發軔。哲人往矣，恨其不見雪堂之詩，共相吟賞耳。余選雪堂集，採其詩得十之六〔一〇〕，其文得六〔一一〕之四，皆擇其出入風〔一二〕雅，刊落浮蔓，可愛而可傳者。昔人云：「後世誰相知定我文者？」感雪堂知己之言，不敢以漫應也。雪堂以天官郎〔一三〕料士於秦，得秦士曰韓聖秋、張稚恭、楊吉公。此三人者，空同、對山之後賢，取其蝥弧先登者也。其以吾言爲然乎否耶？有學集文鈔補遺

【校記】

〔一〕此文亦收於文集補遺卷上、外集卷二十五。〔二〕外集無「於」字。〔三〕文集補遺、外集作「釋」。〔四〕文集補遺、外集作「若」。〔五〕外集作「叙」。〔六〕文集補遺、外集作「稱」，文鈔補遺作「祚」。〔七〕文集補遺、外集作「别」。〔八〕文集補遺、外集作「而」。〔九〕文集補遺、外集作「閑閑」，文鈔補遺作「聞之」。〔一〇〕文集補遺、外集作「三」。〔一一〕外集作「十」。〔一二〕文集補遺、外集作「風入」。〔一三〕文集補遺、外集無「郎」字。

題秋槐小稿後〔一〕

余自甲申以後，發誓不作詩文。間有應酬，都不削稿。戊子之秋，因繫白門，身爲俘虜。

閩人林叟茂之，僂行相勞苦，執手慰存，繼以涕泣。感嘆之餘，互有贈答。林叟爲收拾殘弆，楷書成册，題之曰秋槐小稿。蓋取王右丞葉落空宫之句也。己丑冬，子羽持孟陽詩帙見示，並以素册索書近詩。簡得林叟所書小册，拂拭蛛網，録今體詩二十餘首，並以近詩系之。嗟夫！莊舄之越吟，漢軍之楚歌，訛然而吟，訕然而止，是豈可以諧宫商、較聲病者哉？河上之歌，同病相憐，其亦有爲之欷歔煩酲，頓挫放咽，如李賀所謂金銅仙人拆盤臨載，潸然淚下者乎？孟陽已矣！子羽其並眎孟鳧，庶幾實獲我心爾。庚寅二月二十五日，蒙叟錢謙益書於絳雲樓左厢之沁雪石下。有學集文鈔補遺

【校記】

〔一〕此文亦見於文鈔補遺，題作題爲王子羽書詩册。

跋偈菴詩册〔一〕

孟陽仙逝，去今八年，此册則癸酉之春，子羽枉弔先太夫人，爲書於山莊者也。八年之中，天地翻覆，劫火洞然。而孟陽殘編爛簡，人間藏弆者，不啻如洞章玉書。子羽此册，良可寶也。昔元裕之於金源亡後，撰次中州集，爲溪南詩老辛敬之立傳，敬之遂有聞於後世。孟

陽之爲詩，與其辨論，殆非敬之可〔二〕及。余近輯本朝詩集，頗思爲孟陽題品，而人地卑亢，求如裕之之能爲辛老重，其可得乎？因子羽索題，遂三嘆而書其後。庚寅正月，虞山友弟錢謙益〔三〕書於沁雪石下。有學集文鈔補遺

【校記】

〔一〕此文亦收於外集卷二十五，題有「册」字，文鈔補遺缺。〔二〕外集作「所」。〔三〕外集無「虞山友弟錢謙益」七字。

跋王稚子石闕碑〔一〕

子羽令新都歸，囊無長物，唯搨得王稚子石闕碑數紙耳。今全蜀殘破，錦官、少城，皆爲豺虎窟穴。文翁石室聖賢圖像，恐不中作礮車用。此碑裝潢完好，不惟江夏子孫，奉爲廉石，實劫火後希世之寶也。是歲玄月十有八日，蒙叟爲子羽跋。有學集文鈔補遺

【校記】

〔一〕此文亦收於外集卷二十五。

題吴江趙砥之靈巖偶論屈陶有感詩册〔一〕

沅、湘之蘭，化爲茅艾。東籬之菊，夷於枳棘。生斯世也，而有弔屈和陶之思，望古遥集，若砥之者與？吾不能和其詩，有長歌當泣而已。戊戌季秋，虞山蒙叟錢謙益題〔二〕。有學集文鈔補遺

【校記】

〔一〕此文亦收于文集補遺卷上、外集卷二十五。文集補遺「巖」作「巖」。〔二〕文集補遺、外集「題」作「書」。外集無「謙益」二字。

跋宋板法華經〔一〕

子羽方便現病，烟客奉常〔二〕馳贈宋版法華經，以代文殊師利詣彼問疾。昔者智者大師誦經至藥王品，悟知靈山一會，儼然未散。子羽今於病榻受持，便當不離一牀而湧現蓮花國土。始知老維摩隨心浄土，非爲虚語，庶不虚奉常〔三〕問疾一段因緣也。己亥陽月二日，蒙叟錢謙益〔四〕拜手謹題。有學集文鈔補遺

【校記】

〔一〕此文亦收於外集卷二十五。〔二〕〔三〕外集作「常」，文集補遺作「嘗」。〔四〕外集「謙益」二字空缺。

汪水雲詩跋　汪元量水雲集

汪水雲詩，雜見於鄭明德遂昌雜録、陶九成輟耕録、瞿宗吉詩話及程克勤宋遺民録者，不過三四首。夏日晒書，理雲間人鈔詩舊册，得水雲詩二百二十餘首，録成一帙。然迺賢序水雲詩，以爲多記國亡時事，此帙多有之。而所謂與文丞相獄中倡和者，概未之見也。惟浮丘道人招魂歌擬杜少陵七歌體製者，今見文丞相集後。水雲詩集劉辰翁批點刊行者，藏書家必有全本，當更與好古者共購之。牧齋。牧齋集補　參見第一七頁

題鈔本滏水文集後　楊紹和楹書隅録

元遺山中州集、劉祁歸潛志，均稱趙閒閒滏水集三十卷，或並外集計之耳。此本由金槧過録，篇次全備，乃完本也。牧翁記。牧齋集補

題二陳子英社詩集 （英社詩集）

吾邑以葩經冠三吳，瞿文懿而後，首推吾顧、邵暨陸、魏諸君子，互踵其盛。迄今流風餘韻，芬郁齒頰。而諸家子弟，起而繼之者，不無紹述少衰之感。司空陳旦融昆季，以詩先後起家，每津津此中，未嘗不以匡説解頤自負。今其子姓，愷悰輩走，鋭策精聚，通國專業者，共繼其聲焉。殆有闚見前賢，齊名追步之志，此余所樂觀厥成者也。牧齋老人謙益題。（牧齋集補）

題黃子久畫 （張大鏞自怡悅齋書畫録）

一峯老人遊屐徧宇内，顧獨愛虞山，結廬其下。朝雲夕煙，變幻百出，俱歸之老人筆底。此幅爲四明謝象三所貽，適以示檀園，檀園拊掌贊嘆，以爲是必子久在虞時所作，故能爲虞山寫照精妙入神至此。夫子久相去三百年，人得其片紙，輒珍如拱璧。今象三不遠千里，郵致此圖，而又遇檀園法眼鑒定，懸之草堂，頓令生色，故樂而書。辛巳二月望日，□□記。（牧齋集補）

題祝枝山書格古論卷 （張大鏞自怡悅齋書畫録）

允明真跡，江左亦不易購。仿之鐘、王、顔、柳，上下千古，如子美所云「伯仲之間見伊呂」也。余喜事收藏，得駿馬之骨，猶沾沾自喜，冀絶足不遠而自至，蓋亦愚矣。歲戊寅，漫遊廣陵，及門二三子，相隨杖履。因於貴戚家得閲此二三卷，種種具備，不覺目眩心馳，如入旃檀香林，見具足相，爲三生慶幸。遂諉謎我門商子，出所携舟中古彝宣爐二物，强爲易之以歸。延津之鍔，恐爲蛟龍攝去。榜人催促，倦遊就道。時三月既望，漏下二刻，翦燭爲之記云。牧齋集補

題程孟陽畫　鈔本周櫟園藏畫題記

孟陽最矜重其畫，不輕爲人點染。此幅真吉光片羽，人間不足見也。近有吳中畫家僞作孟陽一册，屬予題識，予面斥之，不懌而去。今爲櫟園題此幅，孟陽當爲默舉矣。丙申春三月，謙益書於報恩僧窗。牧齋集補

賴古堂寶畫記　鈔本周櫟園藏畫題記

古之高人勝流，蜚遯遺俗者，其神情興奇，必棲託於山水。或清齋燕處，未遑登涉，往往以圖畫代之。如淵明之詩所謂「泛覽周王傳，流觀山海圖」者是已。人生此世界，沈埋立濁惡世。市廛桎其身，名利梏其心，如蛣蜣轉丸，不能自出。惟是棲名山，臨大川，空靈秀發之

氣，吸而取之，可以滌蕩塵俗，舒寫道心。若乃天外數峰，雲山一角，煙嵐雲物，湧現筆墨間者，化工妙韻，與方寸靈心，熏染映望，相逼而出。向子平之五嶽，宗少文之四壁，著屐非遥，卧遊非近，此可與解人道也。

櫟園好近代名士畫筆，藏□甚富。舟車南北，恒貯篋衍。予以爲櫟園非獨愛其畫而已，其棲託蓋有進於此者。道書言宇内洞天福地，皆仙真所治，如人間之宫府。而佛言人間深山曠野，諸何羅漢聖道場地，世間麁人所不能見。夫世之麁人，既不能見名山洞天聖道場地，則其於煙雲風月所變現之筆墨，玩之無聲色，而嚼之無滋味，固其宜也。

無始來，一氣與業識，和合成就人身。此心識所變之境一分，與心識和合成人一分，即是山河大地國邑。山河大地皆依第八業識變現，而畫家之靈心妙韻，湧現筆墨間者，由覺人觀之，比之於山河大地，不尤近乎？櫟園妙契唯識，試於此着眼。故知文字性離，即是般若。此畫册中，能熾然説法矣。丙申正月三日，虞山蒙叟錢謙益書於報恩僧舍。牧齋集補

蘇眉山書金剛經跋 墨跡

余久滯宦途，與稼軒遭湖州之難，桎梏邸舍，楚囚相對者經年。得邀天恩，赦歸閭里。盡謂餘生，誓念此身，日禮空王，懺悔宿業，終此殘年。弗意稼軒公綸音重召，移鎮西粤。不

兩年間，四方瓦解，有破碎山河之嘆。余亦駐節江上，進退維谷，究作畫虎不成之舉。歸而謀遯湖山，葺紅豆村莊，瑟縮畏人，如秋末寒蠅。斂跡十年，得老農老圃之趣。偕故人程孟陽耦耕壠上，放縱徜徉，茶鐺酒盞，從事詩章，聯牀夜話，索句推敲，極人生之樂。不幾何而孟陽長別，捨我去矣。鏡花水月，真可寒心。從此究心内典，自宋、元法派禪宗律旨諸書，不惜朱提徧訪，彙成楞嚴經疏鈔、金剛心經注疏。

偶在苕溪僧舍，覓得蘇眉山所書彌勒下生經一卷。嗣後逢人説項，即片紙隻字，亦以白鏹易歸。數年間，所得全卷，十僅二三。徐孺安之長君聖禾，持眉山手書金剛經一卷授余，余以赤金一握贈之。喜而忘寐，日爲展誦，並道及興化李石麓之孫，藏坡公真跡法華經七卷，欲歸此，即爾裝裱成帙，以五百金購求兩年，究不可得。此志少衰。

坡公字蹟，自内府收藏外，世所罕見。獨於經典，徧書施舍，特現居士身而爲説法，實佛菩薩再世也。余平生所寶，惟北苑夏山、巨然聽瀑、摩詰春山雲樹、米南宫楚山晴曉並黄大癡、趙文敏卷册，同此經秘藏含暉閣中，皆希世之珍，而聚萃一堂，真人間之奇遇也。

病榻婆娑，繙經禪退，杜門謝客已久。奈文魔詩債不肯捨我，友生故舊四方請告者繹絡何？今且休矣，執筆如握石，看書如障綃，窮年老朽，如幻泡然，未知能圓滿此願否？後人克繼我志者，悉爲潢池完好，以此跋爲左券云。海印弟子八十一翁蒙叟錢謙益拜書。牧齋集補

屠隆重建破山寺碑跋 碑在破山寺

余兒時游破山，殘燈石壁，依稀如謝晝詩。常少府所稱禪房花木，幾成往劫事矣。先君子奉王母卞夫人命，延高僧無著，經營十餘年，稍還舊觀，而余家城南數頃亦日割。長卿碑云：「善女人罄産倡緣，幾似昔賢之捨宅。」蓋亦先君子志也。長卿文成三年而無著殁。鉢菴師弟，住持此山，亦相繼殁。余又奔先君喪以歸，藏舟日走，摶沙易離。樹静魚枯，俛仰增慟，不惟遠公墓木之悲而已。本石先生書長卿碑勒石，如子屬余志其後，不覺沾臆。嗟乎！本石書與長卿文，競爽千古，劫火洞然，恐不免貶眼陵谷，余乃猶興悲雪涕，惘惘作有情癡，祇令牛山笑人耳。萬曆壬子立冬日錢謙益跋。牧齋集補

按：如子，釋孚如；鉢菴禪師，乃遠公也。見龔立本志。

跋留題丁家水閣絶句 鈔本秋槐别集選

余澹心采詩，來索近作。余告之曰：「吾詩近有二種，長言放筆，漫興無稽，强半是静軒先生有詩爲證。若乃應酬牽率，枯腸覓對，『子路乘肥馬，堯舜騎病猪』，取作今體詩□，自謂獨絶。」澹心爲撫掌大笑。此詩削稿，改罷長吟，自家意思，便多不曉，大率是前所云耳。書

一通寄澹心，傳示白門諸友，共一哄堂耳。丙申仲春少三日，蒙叟書於燕子磯舟中。牧齋集補

書嚴武伯八新詩後 嚴熊白雲集

袁海叟作白燕詩，過於時大本。今武伯和袁八新詩，復過於袁。夫體物之作，在於若遠若近，離形而得神。坡公云：「作詩必此詩，定知非詩人。」爲粘皮綴肉者下一鍼也。武伯真得之矣。鐵崖復起，亦當遍書以示座客耳。牧翁蒙叟錢謙益書。牧齋集補

書嚴武伯秋日十詠後 嚴熊白雲集

余往作交蘆集，有悲秋二十章，通人覽之，以爲纏綿惻愴，一往情深。然余讀退之秋懷詩，「清曉卷書坐，南山見高稜。」及「歸愚識夷塗，汲古得修綆」，則又知退之之所謂秋懷，非猶夫人之坎壈失職、悲湮阨而歎窮愁已也。秋窗閒坐，白雲在天，木葉微脱。吟武伯和玄恭詩，風味蕭瑟，凄然有言外之致，信武伯之深於秋也。黄花將放，當與武伯掇英浮白，共詠退之秋懷之句，以交勉焉。蒙叟錢謙益。牧齋集補

案：有學集有遵王交蘆言怨集序，牧齋未聞有此集名，疑此跋有誤。

跋宋史四百九十六卷（二）　明刊本

歲庚寅四月朔日閱始。卷首

積雨累月，兼天亡暑夜寒，今且六月十三日矣。天時人事，究當何如？讀是書五行志第十五卷，建炎二年六月寒。又紹熙元年三月留寒，至立夏不退。又慶元六年五月亡暑氣，凜如秋。嘉定六年六月亡暑夜寒。此覩記也，而身經之。月令云：「仲夏行冬令，則雹凍傷穀，道路不通，暴兵來至。」此語宋闕皆驗之矣。寒暑事之大者，闕賃居闕。卷九十七後

六月二十，晨起如凜秋，熱筆點書，寒戰停筆，添衣飲熱。小雨傾注竟日。前兩日陰雲不雨，又前皆大雨，或有一日半日望見晴霽云。

是夜極寒，睡加褥被，未能成寐。曉起冷氣侵肌，曙光照户，似初冬驟寒，負日迎暄時也。廿一日又識。卷一百四後

閱是卷終，稍知暑氣，時放日色雲。六月廿七午刻。卷一百二十一後

閱是卷畢，爲七月朔日也。先是狂風兩日，至此陰雲盡釋，天青日白，蓋纍月來未見此晴明也。卷一百二十八後

七月十三日，侵晨閱竟此卷。出門詣遵王，遇大雨，淹留竟日。是日新生送學，旗采争

相耀跨多，一天風雨，莫不廢然，通國拍掌笑曰：此老蒼爲孤寒灑淚也。衆人之口，忽出高言，豈非公道尚在人心乎？是日甲子立秋第二日也。秋甲子雨，禾頭生。闕 卷一百五十四後

九月初八日，風雨留城，點竟此卷。先是浹旬來與王蘭陔議賃園居，往返□城間，陸陸無寧晷也。卷一百七十四後

十月初二日，夜半野堂火。時方雷電交作，大雨傾盆，後樓前堂，片刻煨燼，乃異災也。讀隋經籍志，知書籍所聚，遑遑遭厄。宋、元之繕本，研精五十餘年，轉輾困厄，遭值兵燹，肆力靡休，告成書於望古稀之晨。而一旦爲火焚却，此爲何者也？傷哉！先是朔日午時，日食幾又既，晝晦星見。至次日。風雷雨雹，不減盛夏。海溢，漂溺人畜。崇明更甚，亦災異之不輕者矣。卷一百七十九後

辛卯十二月廿日，閱至此卷，因借宋版荀子對校，遂輟學。時新令公湯，諱家相，山西人，到任。前令瞿四達在邵獄。撫臺土國寶縊死。卷二百八十後

六月十一辛亥日，又舉一孫，外舅年七十五，爲名之曰台孫，壬辰、丁未、辛亥、己丑，其八字也。卷四百五十五後

六月十八日，侵曉，研硃，方舉筆點郤成章傳三行，驚見幼媳乳媪之變。此媪年四十七歲，素健無疾，偶過留宿黄昏，又善粥也，旦乃逝矣。書云：地箭觸之立死。其殆是乎？爰

書之以志異。卷四百六十八後　牧齋集再補

【校記】

〔一〕本文及以下書跋共四題，瞿鳳起先生家藏，並由瞿先生提供。

草莽私乘一卷

草莽私乘一册，借江上李如一鈔本繕寫。鐵琴銅劍樓藏書題跋集録卷三

余往輯桑海續録，訪問龔聖予文履善、陸君實二傳而不可得。從江上李如一借得陶南村草莽私乘，則二傳及君實輓詩儼然在焉。不獨二公鬚眉如在，亦如與龔聖予、吴立夫諸老執手接席，欷歔嘆噫於寒燈竹几之間也。萬曆庚申春日謙益記。鐵琴銅劍樓藏書題跋集録卷三

陶南村輯草莽私乘手稿，在王弇州家，余訪之同伯丈，則已化爲烏有矣。偶與江上李如一談及，如一云家有鈔本，忻然見借。篝燈疾讀，不啻獲一真珠船。復手録文丞相、陸君實二傳，爲桑海續録發端，而爲之叙以識之。如一好古嗜書，收買圖籍，盡減先人之産。嘗從事三禮，從余假宋賢禮記集説，焚香肅拜而後啓視，其鄭重如此。每得一遺書秘册，必貽書相聞，有所求假，則朝發而夕至。嘗曰：「天下好書當與天下讀書人共之，古人以匹夫懷璧

爲罪，况書之爲寶，尤重於尺璧，敢懷之以賈罪乎？」又嘗語其子弟：「吾藏書經牧齋繙閱，覺卷帙上隱隱有光氣。」余甚媿其意，然未嘗不嘆此達言以爲美譚也。庚申中夏日，謙益再書於榮木樓之桐樹下。牧齋集再補

跋新語二卷 明刊本

此書亦余十五時所收，用紫色點過。辨惑篇云：「衆口之毀譽，浮石沈木。」後爲文喜用此語。癸卯九月七日，東澗遺老書。

跋鹿門集二卷 舊鈔本

鹿門集從無刊本，即宋書經籍志，亦云「有目無詩」。此豐南禺家所藏宋鈔本，恐亦是宋人俞姓將諸書中所有詩，依詩目而爲之，非原有鹿門集本子也。按：彦謙係咸通進士乾符末避亂漢南，王重榮辟爲河中從事，歷晉、絳二州刺史。後爲閬、壁二州刺史，卒于官。號鹿門先生，有集三卷。此只〔一〕止有上下二卷，豈别有文一卷耶？崇禎甲戌十二月，識於榮木樓下，牧翁。牧齋集再補

【校記】

〔一〕「只」字，疑爲「本」字之誤。

文房四譜

文房四譜五卷，此本闕二卷，筆之辭賦又每譜辭賦俱闕，又脱易簡後序，非完書也。丙寅五月牧翁記。楹書隅録卷三

元鈔本樂府新編陽春白雪

惠香閣藏元人舊鈔本陽春白雪十卷，依元刊本校録一過，分注于下。丙子二月花朝牧翁。楹書隅録續編卷四

書名索引

説　明

（一）本索引依據《絳雲樓題跋》所列圖書、書畫、碑帖以及詩文，按四角號碼檢字法編排。

（二）凡條目前冠以版本、撰書繪者、收藏者等項者，分列二條目，一條按原書條目出現；另一條則列出書名，將版本、撰書繪者、收藏者等注於書名後，以便檢索。

0

1